閑話閑說

阿城

二十五週年紀念版

阿城作品集　02

說明

此書是我一九八七年九月至一九九二年十一月間歷次有關題目的講談集成。

自序

《閑話閑說》是一個講談系列，「中國世俗與小說」乃其中之一，其他還有另外的話題，例如講玉，例如講飲食，例如講孔子，例如講營造，例如講電影電視，例如講晚明晚清，等等等等。

「中國世俗與中國小說」是許多次講談的集成，場合多樣，有的是付費演講，有的是朋友間的閑聊。講談的對象很雜，他們或是專業知識分子，或是凡人朋友等等，總之都不是寫小說或研究小說的人。工作之餘，他們有時用小說消遣一下，沒有潔癖，讀得很雜。

或許可以用法國人羅蘭．巴特在《S/Z》中使用的閱讀方法，他將巴爾札克的短篇小說《薩拉辛》（*Sarrasine*）分為五百六十一個「閱讀單位」，九十一個「枝節」，批評比原小說多出五、六倍。我不懷疑聽眾和朋友們經過訓練，都有能力這樣來讀小說，可是我知道，對聽眾演講和與朋友閑談，我們共通的知識財富是世俗經驗。

世俗經驗最容易轉為人文的視角。如此來講，最宜將理論化為閑話，將專業術語藏入閑說，通篇不去定義「世俗」，使聽者容易聽。

小說出版常會有事件，消息登在報紙雜誌的社會版，有促銷的作用，例如《廢都》，例如先鋒文字，例如王朔，例如「稀粥」，例如「女人」，將當場的隨問隨答收集起來，態度是批點。在不習慣批點的人聽來，會認為是褒貶。

這個話題，恐怕很難講清。

一個人能歷得多少世俗？又能讀得多少小說？況且每一篇小說又有不同的讀法。好在人人如此，倒也可以放心來講。

放心來講，卻又是從何講起？

世俗裡的「世」，實在是大；世俗之大裡的「俗」，又是花樣百出。我因為喜歡這花樣百出，姑且來講一講看。

1

不妨從我講起。

我是公元第一千九百四十九年、中華民國第三十八年四月生人。中華人民共和國同年十月成立，所以我呢算是民國出生，共和國長大。

按共和國的「話語」講，我是「舊中國」過來的人，好在只有半年，所以沒有什麼歷史問題，無非是尿炕和啼哭吧。

現在興講「話語」這個詞，我體會「話語」就是「一套話」的意思，也就是一個系統的「說法」。

在共和國的系統裡，「歷史問題」曾經是可以送去殺、關、管的致命話語，而且深入世俗，老百姓都知道歷史問題是什麼問題。

我出生前，父母在包圍北平的共產黨大軍裡，為我取名叫個「阿城」，雖說俗氣，卻有父母紀念毛澤東「農村包圍城市」革命戰略成功的意思在裡面。十幾年後去鄉下插隊，當地一個拆字的人說你這個「城」是反意，想想也真是宿命。

回頭來說我出生前，共產黨從北平西面的山上虎視這座文化名城，雖然後來將北平改回舊稱北京，想的卻是「新中國」。

因此一九四九年在這個城市出生的許多孩子或者叫「平生」，或者叫「京生」，自然叫「建國」的也不少。一九五六年，我七歲上小學一年級，學校裡重名的太多，只好將各班的「京生」、「平生」、「建國」們調來換去。

2

大而言之，古來中國雖有「封建」與「郡縣」兩制之分，但兩千多年是「郡縣」的延續，不同是有的，新，卻不便恭維。

雖然本無新舊，一旦王朝改姓，卻都是稱做「創立新朝」，那些典禮手續和文告，從口氣上體會，姑且算它做「創立新中國」吧。

次大而言之，一八九八年的戊戌變法，若將「郡縣」改為「君主立憲」，也就真是一個新中國，因為這制度到底還沒有過，可惜未成。

這之前四年的甲午戰爭，搞了三十年洋務的直隸總督北洋大臣李鴻章得知日本軍艦剛剛換了新鍋爐，節速比北洋水師軍艦的高，在清廷主和以保實力。被動開戰，則我舊中國人民不免眼睜睜看到了清廷海軍的覆滅，留學英國回來的海軍軍事人才的折損。

這刺激比五十四年前與英國的鴉片戰爭要大，因為日本二十四年前才開始明治維新，全面學習西方。

「戊戌」之後清廷一九〇〇年相應變法，廢除科舉，開設學堂，派遣留學生，改定官制，準備推行三權分立的憲政，倒也按部就班。

此前一八七二年，已經容閎上議，清廷向美國派出第一批小童公費留學生，其中有我們熟知的一八八一年學成回國的鐵路工程師詹天佑。

容閎自己則是一八四七年私費留學美國，入了美國籍，在上海做買辦。曾國藩委派他去美國買機器，他則建議清廷辦合資公司。

你們看一個半世紀之後，拿了綠卡的大陸中國留學生，還是在做同樣的事情，這是有「古典」可尋的。

3

其實清廷有一項改革，與世俗之人有切膚的關係，即男人剪辮子。也是按部就班，先海軍，因為艦上機器極多，辮子鉸進機器裡很是危險，次新軍，再次社會。

男人後腦留長辮，是滿人的祖法。清廷改革中的剪辮，我認為本來是會震動世俗的，凡夫君子摸摸腦後，個個會覺得天下真要變了。

衝擊視覺的形體變化是很強烈的，你們只要注意一下此地無處不在的廣告當不難體會。

不過還沒有剪到社會這一步，一九一一年，剪了辮子的新軍在武昌造成辛亥革命，次年中華民國建立，清帝遜位。以當時四萬萬的人口來說，可算得是少流血的翻新革命。

秦始皇是征戰六國，殺人無算，建立一統的郡縣制，雖然傳遞了兩千年，卻算不得善始。兩千多年後，清帝遜位，可算得善終吧。

凡以漢族名分立的王朝，覆滅之後，總有大批遺民要恢復舊河山，比如元初、清初。

民初有個要復清的辮帥張勳，乃漢軍旗，是既得滿人利益的漢人。另一個例子是溥儀身邊的漢人師傅鄭孝胥。

日本人在關外立滿州國，關內滿人並不蜂擁而去。滿足本身的復辟欲望，比較下來，算得澹泊，這原因沒有見到什麼人說過，我倒有些心得，不過是另外的話題了。

歐洲有個君主立憲小國，他們的虛位皇帝是位科學家，因為總要應付典禮實在無聊麻煩，向議會請廢過幾次，公民們卻不答應。保鮮的活古董，又不礙事，留著是個樂子。另一個例子，你們看英國皇室的日常麻煩讓幾家英國報紙賺了多少錢！

設若君皇尚在虛位，最少皇家生日世俗間可以用來做休息的藉口。海峽兩岸的死結，君皇老兒亦有面子做調停，說兩家兄弟和了吧，皇太后找兩家兄弟媳婦兒湊桌麻將，不計輸贏，過幾天也許雙方的口氣真就軟了，可當今簡直就找不出這麼個場面人兒。

不過這話是用來做小說的，當不得真。

4

若說清遜之後就是新中國，卻叫魯迅先生看出是由一個皇帝變成許多皇帝，寫在雜文和小說裡面。

馮玉祥將遜位的溥儀驅逐出紫禁城，中國的近當代史幾乎就是一部爭做皇帝史，又是殺人無數，結果故宮博物院現在算是有兩個。

你們對中國的近當代史都熟，知道孫中山先生說過「革命尚未成功，同志仍需努力」。什麼「革命」沒有成功？當然是指革命的結果新中國。相同的「志」是什麼？當然還是新中國。

國民黨共產黨有一個相同辭彙「新中國」，結果是勢不兩立的新中國，總也新不到一起去。

以時髦論，恐怕中國共產黨的新中國「新」一些。馬克思主義和列寧主義，都是當時中國要學習的西方文化裡的現代派，新而且鮮。恩格斯「甲午戰爭」時才逝去，列寧則一直活到一九二五年，而且一九一七年的俄國革命，震動世界，建立一種從來沒有見過的國家制度，不管後果如何，總是「新」吧？

中國從近代開始，「新」的意思等於「好」。也就因此，我們看毛澤東從「新民主主義」到「無產階級文化大革命」其間的歷次經濟和政治運動，起碼話語中的毛澤東不斷掃除一切的舊，是要建立一個超現實的新中國。

這些舊，包括戊戌變法甚至辛亥革命，算算到一九四九年還不夠五十年，從超現實的觀念上來說，卻已經舊了。

5

你們若有興趣，翻翻四九年以來的中國大陸「運動」史，對近百年真是逐個兒清算。

舉大家都熟悉的名字為例，從康有為梁啟超到蔡元培胡適之梁漱溟俞平伯再到儲安平齊白石，各色人等，正是大陸的近當代「落了個白茫茫大地真乾淨」紅樓一夢，好畫毛澤東「最新最美的圖畫」。

齊白石先生幸虧在新中國逝世得早，否則一九六六年有他的好看。

我家離北京宣武門外的琉璃廠近，小時候常去逛，為的是白看畫。六〇年代初，榮寶齋掛過一副郭沫若寫的對聯，上聯是「人民公社好」，下聯是

「吃飯不要錢」，記不清有沒有橫批，總之是新得很超現實。不要說當時，就是現在，哪個國家可以吃飯不要錢？

六四年齊白石先生的畫突然少了，幾乎沒有。聽知道的人說，有個文化人買了齊白石畫的一把扇子，回去研究，一面是農田裡牧童騎牛，另一面題詩，最後的一句「劫後不值半文錢」，被認為是齊白石攻擊土地改革的鐵證，報到上面內部定案，於是不宜再掛齊白石的畫。

到了一九六六年「橫掃一切牛鬼蛇神」，其實已經沒有什麼可橫掃的了，還是要橫掃，竟持續了十年，之後不時發作，好像瘧疾沒有除根，總是要打擺子。

6

以一個超現實的新中國為號召，當然凡有志和有熱情的中國人皆會趨之，理所當然，厚非者是事後諸葛亮，人人可做的。

這個超現實，也是一種現代的意思，中國的頭腦們從晚清開始的一門心思，就是為迅速變中國為一個現代國家著急。凡是標明「現代」的一切觀念，都像車票，要搭「現代」這趟車，不買票是不能上的。

看一九八〇年以前的中國大陸，你就能由直觀覺出現實與觀念有多大差距，你會問，現代在哪裡？超出了多少現實？走馬觀花，下車伊始就可以，不必調查研究，大家都不是笨人。

但是，看一九六六年的中國大陸，你可能會在「藝術」上產生現代的錯覺。

六六年六七年的「紅海洋」、「語錄」歌、「忠」字舞，無一不是觀念藝術。想想〈毛主席語錄再版前言〉可以譜上曲唱，不靠觀念，休想做得出來。你現在請中國最前衛的作曲家為現在隨便哪天的《人民日報》社論譜個曲，不服氣的儘管試試。李劫夫是中國當代最前衛的觀念作曲家。

「紅海洋」也比後來的「地景藝術」早了十年，毛主席像章可算做非商業社會的「普普藝術」吧。

六六年秋天我在北京前門外大街看到一面牆壁紅底上寫紅字，二十年後，八六年不靠觀念是搞不出來的，當時卻很輕易，當然靠得毛澤東的觀念，靠得是「解放全人類」的觀念。

凡屬觀念，一線之差，易為荒謬。比如「解放世界上三分之二的受苦人」的觀念認為「世界上有三分之二的人生活在水深火熱之中」。

這樣一種超現實國家的觀念與努力，近十多年來，很多中國人不斷在批判。當然不少人的批判，還不是「批判」這個詞的原義，很像睏狠了的一個哈欠，累久了的一個懶腰。

我呢，倒很看重這個哈欠或懶腰。

7

超現實國家所掃除的「舊」裡，有一樣叫「世俗」。一個很明顯的事實是，一九四九年以後，中國大陸的世俗生活被很快地破壞了。

五〇年代大陸有部很有名的電影叫《董存瑞》，講的是第三次內戰時人民解放軍攻克熱河時炸掉堡壘橋的董存瑞的成長故事。電影裡有個情節是農民牛玉合在家鄉分了地，出來參加解放軍，問他打敗蔣介石以後的「理想」，說是回家種地，一畝地，兩頭牛，老婆孩子熱炕頭兒，大家就取笑他，董存瑞的呢？是建設新中國。

這兩樣都很感動人，董存瑞當然不知道他手托炸藥包象徵性地炸掉了

「一畝地，兩頭牛，老婆孩子熱炕頭兒」。互助組，合作社，初級組，高級組，人民公社，一級比一級高級，超現實，現代，直到毛澤東的「五七」指示，自為的世俗生活早就消失了。

農民的自留地，總是處在隨時留它不住的境界，幾隻雞，幾隻鴨，都長著資本主義尾巴，保留一點物質上的舊習慣舊要求和可憐的世俗符號，也真是難。

一九六六年中國大陸的無產階級文化大革命提出的破「四舊」，我問過幾個朋友，近三十年了，都記不清是四樣什麼舊，我倒記得，是「舊習慣、舊風俗、舊思想、舊文化」。這四樣沒有一樣不與世俗生活有關。

「新」的建立起來了沒有呢？有目共睹，十年後中國大陸的「經濟達到了崩潰的邊緣」。

北京我家附近有一個飯館，六六年文化大革命的時候貼過一張告示，大意是從今後只賣革命食品，也就是棒子麵兒窩頭，買了以後自己去端，吃完以後自己洗碗筷，革命群眾須遵守革命規定。八六年的時候，同是這家飯館，牆上貼了一條告示：「本店不打罵顧客」。

中國共產黨將組織延伸到基層，鄉下的村子，工廠的班組，城市的街道。美國的黃仁宇先生屢屢論及蔣介石與國民黨造成新中國的高層機構，毛澤東與共產黨則造成新中國的低層機構，所差的是數目字管理。

我的經歷告訴我，掃除自為的世俗空間而建立現代國家，清湯寡水，不是魚的日子。

8

我七八歲的時候，由於家中父親的政治變故，於是失去了參加新中國的資格，六六年不要說參加紅衛兵，連參加「紅外圍」的資格都沒有。

在書上的古代，這是可以「隱」的，當然隱是「仕」過的人的資格，例如陶淵明，他在田園詩裡的一股恬澹高興勁兒，很多是因為相對做過官的經驗而來。老百姓就無所謂隱。

殊不知新中國不可以隱，很實際，你隱到哪裡？說彭德懷元帥隱到北京西郊掛甲屯，其實是從新中國的高層機構「隱」到新中國的低層機構去了。

若說我是邊緣人吧，也不對，新中國沒有邊緣。我倒希望「階級鬥爭」

起來，有對立，總會產生邊緣，但階級敵人每天認錯，次次服輸，於是新中國就製造一種新的遊戲規則，你不屬於百分之九十五，就屬於百分之五。真是一種很奇怪的「數目字管理」。

我在雲南的時候，上面派下了工作組，跑到深山裡來劃分階級成分。深山裡的老百姓是刀耕火種，結繩記事，收了穀米，成在麻袋裡頂在頭上另尋新地方去了，工作組真是追得辛苦。

更辛苦的是，不擁有土地所有權的老百姓，怎麼來劃分他們為「地主」、「富農」、「中上農」、「中農」、「下中農」、「貧農」、「雇農」這些階級呢？所以工作組只好指派「成分」，建立了低層機構，回去交差，留下糊里糊塗的「地主」、「貧農」繼續刀耕火種。

9

還是在雲南，有一天在山上幹活兒，忽然見到山下傣族寨子裡跑出一個女子，後面全寨子的人在追，於是停下鋤頭看，藉機休息一下。

傣族是很溫和的，幾乎看不到他們的大人打小孩或是互相吵架，於是收工後路過寨子時進去看了一下。問了，回答是：今天一個運動，明天一個運動，現在又批林彪孔老二，一定是出了「琵琶鬼」，所以今天來捉「琵琶鬼」，看看會不會好一點。

這「琵琶鬼」類似我們說的「蠱」，捉「琵琶鬼」是傣族的巫俗，若發生了大瘟疫，一族的人死到恐慌起來，就開始捉「琵琶鬼」燒掉，據說可以止瘟疫。

我在鄉下幹活兒，抽菸是苦久了歇一歇的正當理由，不抽菸的婦女也可在男人抽菸時歇。站在那兒抽菸，新中國最底層機構的行政首長，也就是隊長，亦是拿抽菸的人沒有辦法，頂多恨恨的。

新中國地界廣大，卻是鄉下每個村、城裡每條街必有瘋傻的人，瘋了傻了的人，不必開會，不必學習中央文件，不必「狠鬥私字一閃念」，高層機構低層機構的一切要求，都可以不必理會，自為得很。

設若世俗的自為境地只剩下抽菸和瘋傻，還好意思叫什麼世俗？

10

我上初中的時候，學校組織去北京阜城門內的魯迅博物館參觀，講解員說魯迅先生的木箱打開來可以當書櫃，合起來馬上就能帶了書走，另有一只網籃，也是為了裝隨時可帶的細軟。

我尋思這「硬骨頭」魯迅為什麼老要走呢？看了生平展覽，大體明白周樹人的後半生就是逃跑，保全可以思想的肉體，北京，廈門，廣州，上海，租界，中國還真有地方可避，也幸虧民國的北伐後只是建立了高層機構，讓魯迅這個文化偉人鑽了空子。

不過這也可能與周樹人屬蛇有關係。蛇是很機敏的，牠的眼睛只能感受明暗而無視力，卻能靠腹部覺出危險臨近而躲開，所謂「打草驚蛇」，就是行路時主動將危險傳遞給蛇，通知牠離開。蛇若攻擊，快而且穩而且準而且狠，「絕不饒恕」。

說到有地方可躲，則眼前的例子是六四後被通緝的各種人士，若有當年魯迅的條件，我看沒有哪個願意去歐洲來美國，水土不服就是個很大的問題，更不要說世俗規矩相差太多。

一九八四年我和幾個朋友退職到社會上搞私人公司，當時允許個體戶了，我也要透口氣。其中一個朋友，回家被五〇年代就離休的父親罵，說老子當年腦瓜掖在褲腰帶上為你們打下新中國，你還要什麼？你還自由得有邊沒邊？

我這朋友還嘴，說您當年不滿意國民黨，您可以跑江西跑陝北，我現在能往哪兒跑？我不就是做個小買賣嗎？自由什麼了？

我聽了真覺得是擲地有聲。

我從七八歲就處於進退不得，其中的尷尬，想起來也真是有意思。長大一些後，就一直捉摸為什麼退不了，為什麼無處退，念自己幼小無知，當然捉摸不清。

其實很簡單，就是沒有了一個可以自為的世俗空間。

11

於是就來說這個世俗。

以平常心論，所謂中國文化，我想基本是世俗文化吧。這是一種很早就成熟了的實用文化，並且實用出了性格，其性格之強頑，強頑到幾大文明古國，只剩下了個「好死不如賴活著」的中國。

老莊孔孟中的哲學，都是老人做的哲學，我們後人講究少年老成，與此有關。只是比較起來，老莊孔孟的時代年輕，所以哲學顯得有元氣。

耶穌基督應該是還不到三十歲時殉難，所以基督教富青年精神，若基督五十歲殉難，基督教恐怕不會是現在這個樣子。

我們若是大略瞭解一些商周甲骨文的內容，可能會有一些想法。那裡面基本是在問非常實際的問題，比如牛跑啦，什麼意思？回不回得來？女人懷孕了，會難產嗎？問的極其虔誠，積了那麼多牛骨頭烏龜殼，就是不談玄虛。早於商周甲骨文的古埃及文明的象形文字，則有涉及哲學的部分。

甲骨文記錄的算是中國「世俗」觀的早期吧？當然那時還沒有「中國」這概念。至於哲學形成文字，則是在後來周代的春秋戰國時期。

我到義大利去看龐貝遺址，其中有個圖書館，裡面的內容當然已經搬到拿坡里去了。公元七十九年八月，維蘇威火山爆發，熱的火山灰埋了當時有八百年歷史的龐貝城，當然也將龐貝城圖書館裡的泥板書燒結在一起。

三百年前發掘龐貝以後，不少人對這些泥板古書感興趣，苦於拆不開，我的一位義大利朋友的祖上終於找到一個拆解的辦法。

我於是問這個朋友，書裡寫些什麼呢？朋友說，全部是哲學。嚇了我一跳。

12

道家呢，源兵家而來，一部《道德經》，的確講到哲學，但大部分是講治理世俗，「治大國若烹小鮮」，煎小魚兒常翻動就會爛不成形，社會理想則是「甘其食，美其服，安其居，樂其俗」，衣、食、住都要好，「行」，因為「老死不相往來」，所以不提，但要有「世俗」可享樂。

「無為而無不為」我看是道家的精髓，「無為」是講在規律面前，只能無為，熱鐵別摸；可知道了規律，就能無不為，你可以用鑷子，用夾子，總之你可以動熱鐵了，「無不為」。後來的讀書人專講「無為」，是為了解決自己的困境，只是越講越酸。

〈棋王〉裡撿爛紙的老頭兒也是在講無不為，後來那個老者滿嘴道禪，有點兒世俗經驗的人都知道那是虛捧年輕人，其實是為遮自己的面子，我自己就遇到超過一個加強營的這種人，常常還要來拍我的肩膀摸我的頭，中國人常用的世俗招法，話大得不得了，「中華之道」。我倒擔心缺根弦兒的讀者，當時的口號正是「振興中華」，贏球兒就遊行，失球兒就鬧事，可說到底體育是什麼呢？是娛樂。

愛因斯坦說民族主義就像天花，總要出的。我看民族主義雖然像天花，但總出就不像天花了。

汪曾祺先生曾寫文章勸我不要一頭扎進道家出不來，拳拳之意，我其實是世俗之人，而且過了上當中邪的年紀了。

道家的「道」，是不以人的意志為轉移的自然秩序，所謂「天地不仁」。去符合這個秩序，是為「德」，違犯這個秩序的，就是「非德」。

13

儒家呢，一本《論語》，孔子以「仁」講「禮」，想解決的是權力品質的問題，說實在「禮」是制度決定一切的意思，但「禮」要體現「仁」。《孟子》是苦口婆心，但是要傾向好人政府，是政協委員的口氣。

孔、孟其實是很不一樣的，不必擺在一起，擺在一起，被誤會的是孔子。將孔子與歷代儒家擺在一起，被誤會的總是孔子。

我個人是喜歡孔子的，起碼喜歡他是個體力極好的人，我們現在開汽車，等於是在高速公路上坐沙發，超過兩小時都有點累，孔子當年是乘牛車握軾木周遊列國，我是不敢和他握手的，一定會被捏痛。

平心而論，孔子不是哲學家，而是思想家。傳說孔子見老子，說老子是雲端的青龍，這意思應該是老子到底講了形而上，也就是哲學。

孔子是非常清晰實際的思想家，有活力，肯擔當，並不迂腐，迂腐的是後來人。

後世將孔子立為聖人而不是英雄，有道理，因為聖人就是俗人的典範，樣板，可學。

英雄是不可學的，是世俗的心中「魔」，《水滸》就是在講這個。說「天下大亂，群雄並起」，其實常常是「群雄並起，天下大亂」。歷代尊孔，就是怕天下亂，治世用儒，也是這個道理。

儒家的實用性，由此可見。

孔子說過「未知生，焉知死」，有點形而上的意思了，其實是要落實生，所以「未能事人，焉能事鬼」，這態度真是好，不像老子有心術。現在老百姓說「中國人死都不怕，還怕活嗎」，時代到底不一樣，逼得越來越韌。

有時間的話，我們不妨從非儒家的角度來聊聊孔子這個人。儒家的「道」，由遠古的血源秩序而來，本是樸素的優生規定，所以中國人分辨血緣秩序的稱謂非常詳細，「五服」之外才可通婚，亂倫是大罪過，「倫」就是道。

之後將血緣秩序對應到政治秩序上去，所以「父子」對「君臣」，父子既不能亂，君臣也就不許亂了。去符合這種「道」，是為「德」，破壞這種「秩序」的，就是「非德」。

常說的「大逆不道」，「逆」就是逆秩序而行，當然也就「不道」，同亂倫一樣，都是首罪。

「道貌岸然」，也就是說你在秩序位置上的樣子，像河岸一樣不可移動錯位。科長不可擺出局長的樣子來。

所以儒家的「道」，大約可以用「禮」來俗說。我們現在講待人要有禮貌，本意是對方處在秩序中的什麼位置，自己就要做出相應的樣貌來，所謂禮上的貌。上級對下級的面無表情，下級對上級的逢迎，你看著不舒服，其實是禮貌。

最先是尊禮的孔子覺得要改變點兒什麼，於是提出了「仁」

14

道德是一種規定，道變了，相應的德也就跟著變。

像美國這樣一種比較純粹的資本主義秩序，錢就是道，你昨天是窮人，在道中的位置靠後，今天中了「六合彩」，你的位置馬上移到前邊去。

我認識的一位大陸女作家，在道中的位置也就是級別，有權坐火車「軟臥」，對花得起錢也坐「軟臥」的農民，非常厭惡，這也就是由「道」而來對別人的「非德」感。中國人不太容暴發戶，暴發戶只有在美國才能活得體面自在。

五四新文化亦是因為要立新的道德，所以必須破除舊道德，「五千年的吃人禮教」。中國大陸的文化大革命，「破四舊立四新」，標榜的也是立新道德，內裡是什麼另外再論，起碼在話語上繼承五四革命傳統的，我體會是中國共產黨。

最看得見摸得著的「道德」是交通法規，按規定開車，「道貌岸然」，千萬不可「大逆不道」。英國對交通的左右行駛規定與美國不同，「道不同不相與謀」，不必到英國去質問。

15

有意思的是，諸子百家裡的公孫龍子，名家，最接近古希臘的形式邏輯，他的著作漢時還有十四篇，宋就只有六篇了，講思辨的文字剩不到兩千字。

雖然《道德經》也只有五千言，但公孫龍子是搞辯論的，只剩兩千字就很可惜。

一般來講，不用的東西，容易丟。與莊周辯論的另一個名家惠施，要不是《莊子》提到，連影子都找不見。

這與秦始皇焚書有關，可秦始皇不燒世俗實用的書，例如醫藥書，種樹的書，秦始皇燒思想。

能統一天下的人，不太會是傻瓜，修個長城，治下的百姓才會安全受苦。世俗不能保持，你搜刮誰呢？

可長城修到民不聊生，也就成了亡國工程。

八〇年代，大陸中國社會科學院做過一個近代到當代的社會生活品質調查，不料是北洋軍閥割據的時候生活最好。想想也是，今天張軍閥來，地方上出錢打發了，明天李軍閥來，地方上又出錢打發了，地方上真是有錢啊。

現在是，能不能打發張軍閥另說，李軍閥再來，只好「要錢沒有，要命有一條」，口袋裡真是空的。當然目前大陸世俗間又開始有些錢了，於是才有能力打發一個又一個的官。

16

常有人將道家與道教、儒家與儒教混說，「家」是哲學派別。留傳下來的儒道哲學既然有很強的實用成分，那麼「教」呢？

魯迅在《而已集．小雜感》裡寫過一組互不相干的小雜感，其中的一段雜感是：「人往往憎和尚，憎尼姑，憎回教徒，憎耶教徒，而不憎道士。懂得此理者，懂得中國大半。」

這一組互不相干的小雜感裡，最後一段經常被人引用，就是：「一件短袖子，立刻想到白臂膊，立刻想到全裸體，立刻想到生殖器，立刻想到性交，立刻想到雜交，立刻想到私生子。中國人的想像唯在這一層能夠如此躍進。」這好懂，而且我也是具有「如此躍進」想像力的人，不必短袖子。現在全裸的圖片太多，反倒是扼殺想像力的。

可是「不憎道士」的一段，我卻很久不能懂。終於是二十歲裡的一天在鄉下豁朗朗想通，現在還記得那天的痛快勁兒，而且晚上正好有人請吃酒。

什麼意思？說穿了，道教是全心全意為人民，也就是全心全意為世俗生活服務的。

17

道教管理了中國世俗生活中的一切，生、老、病、死、婚、喪、嫁、娶，也因此歷來世俗間暴動，總是以道教為號召，從陳勝吳廣，黃巾赤眉，漢末張角一路到清末的義和拳，都是。不過陳勝那時用的還是道教的來源之一巫籛。

隋末以後，世俗間暴動也常用彌勒佛為號召，釋迦牟尼雖是佛教首領，但彌勒下世，意義等同道教，宋代興起一直到清的白蓮教，成分就有彌勒教。

太平天國講天父，還要講分田分地這種實惠，才會一路打到南京，而洪家班真的模倣耶教，卻讓曾國藩抓到弱點，湘軍焉能不勝太平軍？

道教由陰陽家、神仙家來，神仙家講究長生不老，不死，迷戀生命到了極點。

「一人得道，雞犬升天」，都成仙了，仍要攜帶世俗，就好像我們看中國人搬進新樓，陽臺上滿是舊居的實用破爛。

道教的另一個重要資源是巫籙，翻一翻五千多卷的《道藏》，符咒無數，簡直就是「十萬個怎麽辦」，不必問為什麽，照辦，解決問題就好。

巫教道教原來是沒有偶像神的，有形象的是祥獸，羽人。張光直先生說「食人卣」上祥獸嘴裡的那個人是巫師，祥獸送巫師上天溝通，我相信這樣的解釋，而懷疑李澤厚先生在《美的歷程》裡的「獰厲的美」。

彝器供之高堂，奴隸既無資格看見，怎麼會被「獰厲」嚇到？奴隸應該是不准進電影院看「恐怖」片的人。「食人」卣，「獰厲」美，是啟蒙以後的意識形態的判斷。

到話題來，佛教傳入後，道教覺到了威脅。

佛教一下帶那麼多有頭有臉的神來競爭，道教也就開始造偶像神，積極擴充本土革命隊伍，例如門神的神荼鬱壘終於轉為秦叔寶和尉遲敬德。

《封神演義》雖是小說，卻道著了名堂。名堂就是，道教的神，是由世俗的優秀分子組成，這個隊伍越來越壯大，世俗的疾苦與希望，無不有世俗所熟悉的人來照顧，大有熟人好辦事的意思，天上竟一派世俗煙火氣。

18

這些年來大陸興起的氣功熱、特異功能熱、易經熱，都是巫道回復，世俗的實際需要。不解決世俗實際的「信仰」失落，傳統信仰當然復歸。

我覺得更有意思的是近年來毛澤東逐漸成為道教意義上的「神」，大陸世俗間以他的像來驅邪避難。而在此之前，他的命相，開國時辰，晚年房中御術，死亡大限與唐山大地震天示徵兆，則在世俗間流傳。最有意思是他在陝北與胡宗南周旋時在葭縣請和尚算命的傳說，當時的那個廟現在香火鼎盛。

又傳說他請教道士，在天安門廣場倒插一把劍，劍柄即是人民英雄碑，以制前朝王氣。還傳說他之所以建國後殺掉百萬反革命，為的是一個命相好友勸他替避自己的血光之災。

總之，中華人民共和國的發生與存在，聽來好像早在道教的掌握之中。以道教來說，還真應了《棋王》結尾那個禿頭老兒的大話：中華之道，畢竟不頹。

人類學家不妨記錄一下我們親見的一個活人怎樣變為一個道教神的過程，人證物證都還在，修起論文，很是方便。

19

再來看儒教。

舉例來說，儒家演變到儒教的忠、信，是對現實中的人忠和信。

孝，是對長輩現實生活的承擔。

仁，是尊重現實當中的一切人。

貞，好像是要求妻子忠於死去的丈夫，其實是男人對現實中的肉欲生活的持久獨佔的哀求，因為宋以後才塞進儒教系統的，是禮下庶人的新理性，與世俗精神有衝突，所以經常成為嘲笑的對象。

禮、義、廉、恥、忠、義、信、恕、仁、孝、悌、貞、節……一路數下來，從觀念到行為，無不是為維持世俗社會的安定團結。

講到這種關頭，你們大概也明白常提的「儒道互補」，從世俗的意義來說，不是儒家道家互補，而是儒教管理世俗的秩序，道教負責這秩序之間的生活質量。

這樣一種實際操作系統，中國世俗社會焉能不「超穩定」？

20

而且，這樣一個世俗操作系統，還有自身淨化的功能。

所謂世俗的自身淨化，就是用現實當中的現實來解決現實的問題。比如一個人死了，活著的親人痛哭不止，中國人的勸慰是：人死如燈滅，死了的就是死了，你哭壞了身體，以後怎麼過？哭的人想通了，也就是淨化之後，真的不哭了。

悲，歡，離，合，悲和離是淨化，以使人更看重歡與合。

可以說，中國的世俗實用精神，強頑到中國從傳統到現實都不會沉浸於宗教，長得煩人的歷史中，幾乎沒有為教義而起的戰爭。

中國人不會為宗教教義上的一句話廝殺，卻會為「肏你媽」大打出手，因為這與世俗生活的秩序，血緣的秩序有關，「你叫我怎麼做人」？在世俗中做個人，這就是中國世俗的「人的尊嚴」，這種尊嚴毫不抽象。

中國古代的罵陣，就是吃準了這一點，令對方主帥心裡氣惱，面子上掛不住，出去應戰，凶吉未卜。我在鄉下看農民或參加知青打架，亦是用此古法。

21

再者，我們不妨找兩個例子來看看中國世俗的實用性如何接納外來物的。

中國人的祖宗牌位，是一塊長方形的木片，就是「且」字，甲骨文裡有這個字，是象形的雞巴，學名稱為陰莖，中國人什麼都講究個實在。我前面已經講過中國人對祖先親緣的重視。

母系社會的祖是「日」，寫法是一個圓圈當中一點，象形的女陰，也是太陽。中國不少地區到現在還用「日」來表示性行為。甲骨文裡有這個字，因為當中的一點，有人說是中華民族很早就對太陽黑子有認識，我看是瞎起勁。

比起父系社會的「且」，「日」來得開闊多了。

後來父系社會奪了這個「日」，將自己定為「陽」，女子反而是「陰」，父者千慮，必有一失，搞不好，這個「日」很容易被誤會為肛門的象形。

二十年前稱毛澤東是紅太陽，我怎麼想都不倫不類。

中國古早的陰陽學說，我總懷疑最初是一種奪權理論，現在不多談。

男人自從奪了權，苦不堪言，而且為「陽剛」所累。世俗間頹喪的多是男子，女子少有頹喪。

女子在世俗中特別韌，為什麼？因為女子有母性。因為要養育，母性極其韌，韌到有俠氣，這種俠氣亦是嫵媚，世俗間第一等的嫵媚。我亦是偶有頹喪，就到熱鬧處去張望女子。

明末到中國來的傳教士，主張信教的中國老百姓可以祭祖先，於是和梵蒂岡的教皇屢生矛盾。結果是，凡教皇同意中國教民祭祖的時候，上帝的中國子民就多，不同意，就少。

耶穌會教士利瑪竇明末來中國，那時將「耶穌」譯成「爺甦」，爺爺死而甦醒，既有祖宗，又有祖宗復活的奇蹟，真是譯到中國人的心眼兒裡去了。

天主教中的天堂，實在吸引不了中國人，在中國人看來，進天堂的意思就是永遠回不到現世了。反而基督的能治痲瘋絕症，復活，等同特異功能，對中國人吸引力很大。

原罪，中國人根本就懷疑，拒絕承認，因為原罪隱含著對祖宗的不敬。

22

另一個例子是印度佛教。

印度佛教西漢末年剛傳入的時候，借助道術方技，到南北朝才有了聲勢，唐達於鼎盛，鼎盛也可以形容為儒、道、釋三家並立。其實這時的佛教已是中國佛教的意義了。

例如印度佛教輪迴的終極目的是要脫離現實世界，中國世俗則把它改造為回到一個將來的好的現實世界，也就是說，現在不好，積德，皈依，再被生出來，會好。這次輸了，再開局，也許會贏，為什麼要離開賭場？

釋迦牟尼的原意是離開賭場。

觀音初傳到中國的時候，還是個長鬍子的男人，後來變成女子，再後來居然有了「送子觀音」。

這也怪不得中國人情急時是阿彌陀佛太上老君一起喊的，不想一想也許天上就像海峽兩岸的官員，避不見面，結果可能哪一方也不來搭救。

佛祖也會呵呵大笑的，因為笑並不壞慈悲。

說到中國佛教的寺廟，二十四史裡的《南齊書》記載過佛寺做典當營生，最早的中國當鋪就是佛寺。

唐代的佛寺，常常搞拍賣會，北宋時有一本《禪苑清規》，詳細記載了拍賣衣服的過程，拍賣之前，到處貼廣告，知會世俗。

元代的時候，佛寺還搞過類似現在彩票的「籤籌」，抽到有獎。

佛寺的放貸、收租，是我們熟知的。魯迅的小說〈我的第一個師父〉，汪曾祺的小說〈受戒〉，都寫到江南的出家人幾乎與世俗之人無甚差別。

我曾見到過一本北洋政府時期北京廣濟寺住持和尚寫的回憶錄，看下來，這住持確是經理與公關人才。住持和尚不念經是合理的，他要念經，一寺的和尚吃什麼？

美國洛杉磯有個西來寺，是星雲法師所建。不少大陸來的朋友對星雲很是疑惑，覺得他是個政治和尚。我看星雲法師是繼承了中國佛教的傳統，大陸朋友的疑惑，正是中國佛教在大陸失去世俗傳統所致。

星雲法師和四九年前大陸的太虛法師都提倡「人間佛教」，這「人間佛教」我看是世俗佛教的意思。西來寺的和尚和尼姑開車去洛杉磯的大學修企業管理，寺廟成為「企業」，正是佛教的生路。西來寺有了錢，正在將《大藏經》電腦化，這是功德。

印度佛教東來中國的時候，佛教在印度已經處於滅亡的階段，其中很大的原因是印度佛教的出世，中國文化中的世俗性格進入佛教，原旨雖然變形，但是流傳下來了。

大英博物館藏的敦煌卷子裡，記著一條女供養人的祈禱，求佛保祐自己的丈夫拉出屎來，因為他大便乾燥，痛苦萬分。

23

至於禪宗，更是被改造到極端。

中國禪宗認為世界實在不得了，根本無法用抽象來表達，所以禪宗否定語言，「不立文字」。「說出的即不是禪」，已經劈頭一棍打死了，你還有什麼廢話可說！

你們可以反問既然不立文字，為什麼倒留下了成千上萬言的傳燈公案？

我的看法是因為世界太具體，所以只能針對每個人的不同，甚至是每個人不同時期的實在狀態，給予不同點撥。如果能用一個公案點撥千萬人，中國禪宗的「萬物皆佛」也就是妄言誑語，自己打自己的嘴巴了。

所謂公案，平實來看，就是記錄歷代不同個人狀態的個案，而留下的一本流水賬，實際是「私案」。現代人被那個「公」字繞住了，翻翻可以，揪住一案，合自己的具體狀態，還好說，不合的話，至死不悟。

「說出的即不是禪」是有來頭的，老子說，「道，可道，非常道」，可以說出來的那個道，不是道，已經在否定「說」了。莊子說，「得魚忘筌」，捕到魚後，丟掉打魚的簍子，也是在否定「說」，不過客氣一點。有一個相同意思的「得意忘形」，我們現在用來已不全是原意了。

據胡適之先生的考證，禪宗南宗的不立文字與頓悟，是為爭取不識字的世俗信徒。如此，則是禪宗極其實用的一面。

24

既然是實用的世俗文化系統，當然就有能力融合外來文化，變化自身，自身變化。

有意思的是，這種不斷變化，到頭來卻令人覺得是保持不變的。我想造成誤會的是中國從秦始皇「書同文」以後的方塊象形字幾乎沒有變。漢代的木簡，我們今天讀來沒有困難，難免讓人恍惚。

你們都知道宋朝的李清照，她的丈夫趙明誠好骨董，李清照寫〈金石錄後序〉講到戰亂時如何保留收藏，說是插圖多的書先丟，沒有款識的古器先丟，原則是留下文字最為重要。讀書人認為文字留下了，根也就保住了。

不識字的中國老百姓也曉得「敬惜字紙」，以前有字的紙是要集中在一起燒掉的，類似一種儀式，字，是有神性的。記得聽張光直先生說中國文字的發生是為通人神，是縱向的，西方文字是為傳播，是橫向的。

我想中國詩發生成熟得那樣早，而且詩的地位最高，與中國字的通神作用有關吧。這樣地對待文字，文字焉敢隨便變化？

我們可以注意一下詞，詞的變化和新詞很多。大體來說，翻譯佛經產生了很多新詞，像「佛」、「菩薩」、「羅漢」、「金剛」、「波羅蜜」等等。

第二次是元雜劇，為了記錄遊牧民族帶來的疊音，像「呼啦啦」、「滑溜溜」等等。有個朋友問我「烏七麻黑」怎麼寫，我說「烏七麻」大概是以前北方遊牧民族帶來的形容「黑」的詞的音寫，或者「七麻」是，加在「烏黑」當中，也許都是語音助詞，總之多麼多麼「黑」就是了，將「烏」和「黑」寫對，其他隨便。

第三次仍然是為了適應外來文明，也就是近代。科學中化學名詞最明顯，生生造出許多化學元素的表音表義字，等於詞。明末徐光啟、李之藻那輩人翻譯歐洲傳來的數學天文知識，中國字詞將將夠，對付過去了。清末以後，捉襟見肘，說了幾十年的「社會主義」、「共產主義」、「資本主義」、「反動」、「主任」、「主席」、「主觀」、「傳統」等等等等，都是外來語，直接從日本搬來的詞形。魯迅講「拿來主義」，他們那個時代，正是拚命拿來的時代。

25

我們看現在讀書人的文章，外來的關鍵詞不勝枚舉，像什麼「一元論」、「人道」、「人權」、「人格」、「人生觀」、「反映」、「原理」、「原則」、「典型」、「肯定」、「特別」、「直覺」、「自由」、「立場」、「民族」、「自然」、「作用」、「判斷」、「局限」、「系統」、「表現」、「批評」、「制約」、「宗教」、「抽象」、「政策」、「美學」、「客觀」、「思想」、「背景」、「相對」、「流行」、「條件」、「現代」、「現實」、「理性」、「假設」、「進化」、「教育」、「提供」、「極端」、「意志」、「意識」、「經驗」、「解決」、「概念」、「認為」、「說明」、「論文」、「調節」、「緊張」，大概有五百多個。

我知道我再舉下去，你們大概要瘋了，而以上還只是從日文引進中文的幾個例子，而且不包括直接譯自西方的詞，比如譯自英文engine的「引擎」，index的「引得」，「引得」後來被取自日文的「索引」代替了。

如果我們將引進的所有漢字形日文詞剔除乾淨，一個現代的中國讀書人幾乎就不能寫文章或說話了。

你們若有興趣，不妨找上海辭書社編的《漢語外來詞詞典》來看看，一九八四年初版，收詞相當謹慎。我的一本是一九八五年在湖南古丈縣城的書店裡買到，一邊看一邊笑。

26

從世俗本身來講，也是一直在變化的，不妨多看野史、筆記。

不過正史也可讀出端倪，中國歷代的皇家，大概有一半不是漢人。孟子就說周文王是「西夷之人」。秦更被稱為「戎狄」。常說的唐，皇家的「李」姓，是李家人還沒當皇帝時被恩賜的。這李家人生「虬髯」，也就是捲毛連鬢鬍子，不是蒙古人種，唐太宗死前囑咐「喪葬當從漢制」，生怕把他當胡人埋了。

陳寅恪先生的《唐代政治史述論稿》上篇〈統治階級之氏族及其升降〉裡的考證非常詳細，你們有興趣不妨讀讀，陳先生認為種族與文化是李唐一代史事的關鍵，實在是精明之論。

我去陝西看章懷太子墓，裡面的壁畫，畫的多是胡人，這位高幹子弟交的淨是外國朋友，更不要說皇家重用的軍事大員安祿山是突厥人，史思明是波斯人。安祿山當時鎮守的河北，通行胡語，因此有人去過了河北回來憂心忡忡，認為安祿山必反。

唐朝人段成式的《酉陽雜俎》，你們若有興趣，拿來當閑書讀，一天一小段，唐的世俗典故，物品來源，寫得健朗。

也是唐朝人的崔令欽的《教坊記》，現在有殘卷，裡面記的當時唐長安、洛陽的世俗生活，常有世俗幽默，又記下當年的曲名，音樂大部分是外來的，本來的則專稱「清樂」。

27

我想唐代多詩，語句比後世的詩通俗，是因為新的音樂進來。

唐詩應該是唱的，所謂「裝腔」，類似填詞，詩配腔，馬上就能唱，流佈開來。

唐傳奇裡有一篇講到王之渙與另外兩個大詩人在酒樓喝酒，聽到旁邊有一幫伎女唱歌，於是打賭看唱誰的詩多。

我們覺得高雅的唐詩，其實很像現在世俗間的流行歌曲、卡拉ＯＫ。

白居易到長安，長安的名士顧況調侃他說「長安米貴，白居不易」，意思是這裡米不便宜，留下來難哪，這其實是說流行歌曲的填詞手競爭激烈。

白居易講究自己的詩通俗易懂，傳說他做了詩要去念給不識字的婦女小孩聽，這簡直就把通俗做了檢驗一切的標準了。

做詩自己做朋友看就是了，為什麼會引起生存競爭？看來唐朝的詩多商業行為的成分，不過商品質量非常高，偽劣品站不住腳。

唐代有兩千多詩人的五萬多首詩留下來，恐怕靠的是世俗的傳唱。

唐的風采在燦爛張狂的世俗景觀，這似乎可以解釋唐為什麼不產生哲學家，少思想家。

28

大而言之，周，秦，南北朝，隋唐，五代，元，清，皇家不是漢人。辛亥革命的「驅逐韃虜，恢復中華」若說的是恢復到明，明的朱家卻是回族，這族譜保存在美國。

漢族種性的純粹，是很可懷疑的，經歷了幾千年混雜，你我都很難說自己是純粹的漢人。在座有不少華裔血統的人生連鬢鬍鬚，這就是胡人的遺傳，蒙古人種的是山羊鬍子，上唇與下巴的鬍鬚與鬢並不相連。

中國歷代的戰亂，中原人不斷南遷。廣東人說粵語是唐音，我看閩南語亦是古音，以這兩個地區的語音讀唐詩，都在韻上。

北方人讀唐詩，聲音其實不得精神，所以後來專有金代官家的「平水韻」來適應。毛澤東的詩詞大部分用的是明清以來做近體詩的平水韻。

所謂的北方話，應該是鮮卑語的變化，例如入聲消失了。你想北方遊牧民族騎在馬背上狂奔，入聲互相怎麼會聽得到？聽不到豈不分道揚鑣，背道而馳？入聲音是會亡族滅種的。

大陸說的普通話，臺灣說的國語，都是北方遊牧民族的話。杭州在浙江，杭州話卻是北方話。北宋南遷，首都汴梁也就是現在的開封，轉成了南宋的臨安也就是現在的杭州，想來杭州話會是宋時的河南話？

殷人大概說的是最古的漢語，因為殷人是我們明確知道的最古的中原民族，不過炎帝治下的中原民族說的話，也可算是漢話，也許我們要考一考苗傜的語言？不過這些是語言歷史學者的領域，我無非在說大漢民族其實是雜種。

29

我去福建，到漳浦，縣城外七十多里吧，有個「趙家城」在山裡頭，原來是南宋宗室趙若和模倣北宋的汴梁建了個迷你石頭城，為避禍趙姓改姓黃。過了一百年，元朝覆亡，黃姓又改回姓趙。汴京有兩湖，「趙家城」則有兩個小池塘模倣著。城裡有「完璧樓」，取「完璧歸趙」的意思。

我去的時候城裡城外均非人民公社莫屬，因為石頭城保存得還好，令我恍惚以為宋朝就有了人民公社。

中國南方的客家人保存族譜很認真，這是人類學的一大財富。中國人對漢族的歷史認真在二十幾史，少有人下死工夫搞客家人的族譜，他們的語言，族譜，傳說，應該是中原民族的年輪，歷代「漢人」「客」來「客」去的世俗史。

我去紐約哥倫比亞大學的東亞圖書館，中國的原版地方誌多得不得了，回北京後說給一個以前在琉璃廠舊書鋪的老夥計聽。

我這個忘年交說，辛亥革命後，清朝的地方誌算是封建餘孽，都拉到琉璃廠街兩邊兒堆著，好像現在北京秋後冬儲菜的碼法兒。日本人先來買，用文明棍兒量高，一文明棍兒一個大銅子兒拿走，日本人個兒矮棍兒也短，可日本人懂。後來西洋人來買，西洋人可是個兒高棍兒也長，還是一文明棍兒一個銅子兒拿走。不教他們拿走，也是送去造紙，堆這兒怎麼走道兒呀？

中國的文化大革命是從秦始皇開始的傳統，之前的周滅商，周卻是認真學習商的文明制度。我們看來陝西出土的甲骨上的字形，刻得娟秀，一副好學生的派頭。孔子是殷人的後裔，說「吾從周」，聽起來像殷奸的媚語，其實周禮學殷禮，全盤「殷」化，殷亡，殷人後裔孔子坦然從周，倒是有道理的。

秦始皇以後，歷代常常是民族主義加文化小革命，一直到辛亥革命的「驅逐韃虜，恢復中華」，都是。元朝最初是採取種族滅絕政策，漢人的反彈是「八月十五殺韃子」。

之後一九六六年的文化大革命，新鮮在有「無產階級」四個字，好像不關種族了，其實毀起人來更是理直氣壯的超種族。論到破壞古蹟，則太平天國超過無產階級文化大革命。

30

現在常聽到說中國文化只剩下一個吃，但中國世俗裡如此講究吃，無疑是看重俗世的生活質量吧？

我八五年第一次去香港，當下就喜歡，就是喜歡裡面世俗的自為與熱鬧強旺。說到吃，世間上等的烹調，哪國的都有，而且還要變化得更好，中國的幾大菜系就更不用說了。

粵人不吃剩菜，令我這個北方長成的人大驚失色，北方誰捨得扔剩菜？從前北京有一種苦力常吃的飯食叫「折籮」，就是將所有的剩菜剩飯匯在一起煮食。我老家的川菜，麻辣的一大功能就是遮壞，而且講究回鍋菜，剩菜回一次鍋，味道就深入一層。

中國對吃的講究，古代時是為祭祀，天和在天上的祖宗要聞到飄上來的味兒，才知道俗世搞了些什麼名堂，是否有誠意，所以供品要做出香味，味要分得出級別與種類，所謂「味道」。遠古的「燎祭」，其中就包括送味道上天。《詩經》、《禮記》裡這類鄭重描寫不在少數。

前些年大陸文化熱時，用的一句「魂兮歸來」，在屈原的《楚辭・招魂》裡，是引出無數佳餚名稱與做法的開場白，屈子歷數人間烹調美味，誘亡魂歸來，高雅得不得了的經典，放鬆來讀，是食譜。

咱們現在到無論多麼現代化管理的餐廳，照例要送上菜單，這是古法，只不過我們這種「神」或「祖宗」要付鈔票。

商王湯時候有個廚師伊尹，因為烹調技術高，湯就讓他做了宰相，烹而優則士。那時煮飯的鍋，也就是鼎，是國家最高權力的象徵，閩南話現在仍稱鍋為鼎。

極端的例子是烹調技術可以用於做人肉，《左傳》、《史記》都有紀錄，《禮記》則說孔子的學生子路「醢矣」，「醢」讀音「海」，就是人肉醬。

轉回來說這供饌最後要由人來吃，世俗之人嘴越吃越刁，終於造就一門藝術。

香港的飯館裡大紅大綠大金大銀，語聲喧嘩，北人皆以為俗氣，其實你讀唐詩，正是這種世俗的熱鬧，鋪張而有元氣。

香港人好鮮衣美食，不避中西，亦不貪言中華文化，正是唐代式的健朗。

31

大陸人總講香港是文化沙漠，我看不是，什麼都有，端看你要什麼。比如你可以訂世界上任何地方的任何書，很快就來了，端看你訂不訂，這怎麼是沙漠？

香港又有大量四九年居留下來的大陸人，保持著自己帶去的生活方式，於是在大陸已經消失的世俗精緻文化，香港都有，而且是活的。

任何時候，任何地方，沙漠都在心裡。

你們若是喜歡看香港電影，不知道瞭不瞭解香港是沒有電影學院的。

依我看香港的電影實在令人驚奇。以香港的人口計算，香港好演員的比例驚人。你們看張曼玉，五花八門都演的，我看她演阮玲玉，里弄人言前一個轉身，之絕望之鄙夷之蒼涼，柏林電影獎好像只有她這個最佳女演員是給對了。

香港演員的好，都是從世俗帶過來的。這就像一九四九年以前中國電影演員的好，比如阮玲玉、石揮、趙丹、上官雲珠、李緯的好，也是從世俗帶過來的。現在呢，《阿飛正傳》這種電影，也只有香港才拍得出來。

那次我回去坐飛機到北京，降落時誤會是迫降，因為下面漆黑一片。入得市內，亦昏暗，飯館餐廳早已關門，只好回家自己下點麵吃，一邊在燈下照顧著水開，一邊想，久居沙漠而不知是沙漠呀。

32

中國的世俗裡，有個特點很有意思，就是下層上層之間的不斷循環混合。

「何不食肉糜」之所以成為笑話，說明整個社會要求的是溝通明白。「帝王將相，寧有種乎」則是說權力與民間是可以循環的。

孔子提出「有教無類」，產生了後來的兩個結果。一是所謂「布衣宰相」，也就是通過教育和後來的科舉取士，下層人可以到上層去。二是因為教育思想的統一，整個社會人員雖然在循環，但都出不了統一的圈，黃仁宇先生的《萬曆十五年》將這一點講得非常明白。

八五年我在香港看陳公博的《苦笑錄》，其中講到當年「馬日事變」，陳坐專列從南京到長沙去問究竟，近到長沙，陳下車鑽到殺共產黨的軍隊裡，說共產黨打土豪分田地是為你們這些貧苦農民的，你們為什麼倒要去殺共產黨？士兵說共產黨殺的是我們一姓的人呀。陳公博是中國共產黨創始人之一，當下領悟，不去長沙回南京了。

你們看《毛澤東選集》第一卷第二篇〈湖南農民運動考察報告〉，顯然在學蘇共的消滅地主富農階級的方法，可當時湖南的名紳學問家葉德輝被殺，毛澤東自己也嚇了一跳。

馬克斯恩格斯的階級論，並不錯的，當它針對英國的階級狀況而言，貴族再窮，還是貴族，工人再有本事，還是工人，階級之間不通。階級論拿到當時的中國，馬嘴就有些對不上牛頭。中國歷代皇家，除了賜爵位，更重要的是賜姓，甚至皇家自己的姓，例如唐皇的「李」，也是前朝賜的。

民間說蒙古人佔了中原，殺「趙錢孫李周吳鄭王」八姓，因為這八姓是大姓，殺光則漢人即失元氣。後世罵人「忘八」，意思是忘了漢人祖宗，不忠不孝，後來演成「王八」，倒把龜蹧蹋了，唐朝時「龜」還是美意。

33

中國讀書人對世俗的迷戀把玩，是有傳統的，而且不斷地將所謂「雅」帶向俗世，將所謂「俗」弄成「雅」，俗到極時便是雅，雅至極處亦為俗，頗有點「前『後現代』」的意思。不過現在有不少雅士的玩兒俗，一派「雅」腔，倒是所謂的媚俗了。

你們若有興趣，不妨讀明末清初的張岱，此公是個典型的迷戀世俗的讀書人，葷素不避，他的《陶庵夢憶》有一篇〈方物〉，以各地吃食名目成為一篇散文，也只有好性情的人才寫得來。

當代的文學家汪曾祺常常將俗物寫得很精彩，比如鹹菜、蘿蔔、馬鈴著。古家具專家王世襄亦是將鷹，狗，鴿子，蛐蛐兒寫得好。肯寫這些，寫好這些，靠得是好性情。

中國大陸前十年文化熱裡有個民俗熱，從其中一派驚嘆聲中，我們倒可以知道雅士們與俗隔絕太久了。

有意思的是，不少雅士去關懷俗世匠人，說你這是藝術呀，弄得匠人們手藝大亂。

野麥子沒人管，長得風風火火，養成家麥子，問題來了，鋤草，施肥，滅蟲，防災，還常常顆粒無收。對野麥子說你是偉大的家麥子，又無能力當家麥子來養它，卻只在客廳擺一束野麥子示雅，個人玩玩兒還不打緊，「兼濟天下」，恐怕也有「時日何喪」的問題。

我希望的態度是只觀察或欣賞，不影響。

34

若以世俗中的卑陋醜惡來質問，我也真是無話可說。

說起來自己這幾十年，惡的經驗比善的經驗要多多了，自己亦是爬滾混摸，靠閃避得逞至今。所謂「俗不可耐」，覺到了看到了也是無可奈何得滿胸滿腹，再想想卻又常常笑起來。

揭露聲討世俗人情中的壞，從《詩經》就開始，直到今天，繼續下去是無疑的。

中國世俗中的所謂卑鄙醜惡，除了生命本能在道德意義上的盲目以外，我想還與幾百年來「禮下庶人」造成的結果有關，不妨略說一說。

本來《禮記》中記載古代規定「刑不上大夫，禮不下庶人」，講的是禮的適用範圍不包括俗世，因此俗世得以有寬鬆變通的餘地，常保生機。

孔子懂這個意思，所以他以仁講禮是針對權力階層的。

戰國時代是養士，士要自己推薦自己，尚無禮下庶人的跡象。

西漢開始薦舉，薦舉是由官員據世俗輿論，也就是「清議」來推薦新的官員，這當中還有許多重要因素，但世俗輿論中的道德評判標準，無疑是薦舉的標準之一。漢代實現「名教」，「清議」說明「名教」擴散到俗世間，開始禮下庶人。漢承秦制，大一統的意識形態是否促進了禮下庶人呢？

魏晉南北朝的臧否人物和那時的名士行為，正是對漢代延續下來的名教的反動。

從記載上看，隋唐好一些。

禮下庶人，大概是宋開始嚴重起來的吧，朱熹講到有個老太太說我雖不識字，卻可以堂堂正正做人。這豪氣正說明「堂堂正正」管住老太太了，其實庶人不必有禮的「堂堂正正」，俗世間本來是有自己的風光的。

明代是禮下庶人最厲害的時候，因此貞節牌坊大量出現，苦貞、苦節，荼害世俗。晚明讀書人的頹風，或李贄式的特立獨行，亦是對禮下庶人的反動。

清在禮下庶人這一點上是照抄明。王利器先生輯錄過一部《元明清三代禁毀小說戲曲史料》，分為「中央法令」、「地方法令」、「社會輿論」三部分，僅這樣的分法，就見得出禮下庶人的理路。略讀之下，已經頭皮發緊了，這緊的感覺又是我們當下熟悉得不能再熟悉的。

民國初年的反「吃人的禮教」，是宋以後禮下庶人的反彈，只不過當時的讀書人一竿子打到孔子。孔子是「從周」的，周是「禮不下庶人」的。我說過了，被誤會的總是孔子。

35

四九年後大陸禮下庶人的範例則是軍人雷鋒，樹「雷鋒式」的小聖小賢，稱為「螺絲釘」。可是固定螺絲釘的工具應該是螺絲起子，是「刑」，是軍法。毛澤東有名句「六億神州盡舜堯」，滿街走聖賢，相當恐怖，滿街走螺絲釘，更恐怖。

另外，毛澤東將魯迅舉為聖賢，造成四九年後大陸讀書人的普遍混亂。

我說過，聖賢可學，於是覺得魯迅可學，不料魯迅其實是英雄。英雄難學，除非你自己就是英雄。若你自己就是英雄，還向英雄學什麼？點頭打打招呼而已。

大陸的讀書人私下討論「假如魯迅四九年以後還活著會怎麼樣」，就是想聖賢英雄兼顧的矛盾心理，我的回答前面說過了，英雄跑掉了，跑得不會遠，香港吧。

「刑不上大夫」是維護權力階層的道德尊嚴，這一層的道德由不下庶人的禮來規定執行。孔子入太廟每事問，非常謹慎，看來他對禮並非全盤掌握，可見禮的專業化程度，就像現在一個畫家進到錄音棚，雖然也是搞藝術的，仍要「每事問」。孔子大概懂刑，所以後來做過魯國的司寇，但看他的運用刑，卻是防患於未然，有兵家的「不戰而屈人之兵」的意思。

先秦以前世俗本來是只靠刑來治理，所謂犯了什麼刑條，依例該怎麼罰。「民可使由之不可使知之」。孔子反對當時晉的趙簡子將刑條鑄在鼎上公之於眾，看來刑的制定和彝器，規定是不讓「民」看到而知之。

大而言之，我體會「禮下不庶人」的意思是道德有區隔。刑條之外，庶人不受權力階層的禮的限制，於是有不小的自為空間。禮下庶人的結果，就是道德區隔消失，權力的道德規範延入俗世，再加上刑一直下庶人，日子難過了。

解決的方法似乎應該是刑既上大夫也下庶人，所謂法律面前人人平等，禮呢，則依權力層次遞減，也就是越到下層越寬鬆，生機越多。

你們看我在這裡也開起藥方來，真是慚愧。

36

中國的讀書人總免不了要開藥方，各不相同。

一九六六年的夏天，北京正處在中國無產階級文化大革命最有戲劇性場面的那段時期，毛澤東接見紅衛兵，抄家，揪鬥走資派，著名的街道改換名稱。一天中午，我經過西單十字路口，在長安大戲院的旁邊有一群人圍著，中國永遠是有人圍著，我也是喜歡圍上去搞個明白的俗人，於是圍了上去。

原來是張大字報，寫的是革命倡議，倡議革命男女群眾夏天在游泳池游泳的時候，要穿長衣長褲，是不是要穿襪子記不清了，我記得是不需要戴帽子。

圍著的人都不說話，好像在看一張訃告。我自己大致想像了一下，這不是要大家當落湯雞嗎？

游泳穿長衣的革命倡議，還沒有出幾百年來禮下庶人的惡劣意識，倒是圍著的人的不說話，有意思。

像我當時那樣一個十幾歲的少年，你不提穿長衣游泳，我倒還沒有想到原來是露著的，這樣一提，真是有魯迅說的「短袖子」的激發力。我猜當時圍著的成年人的不說話，大概都在發揮想像力，顧不上說什麼了。我想現在還有許多北京人記得西單的那張大字報吧？

丹麥的安徒生寫過一篇〈皇帝的新衣〉，中國不妨來篇〈禮下庶人的濕衣〉。

我在美國，看選舉中競選者若有桃色新聞，立刻敗掉，一般公民則無所謂，也就是「禮下不庶人」的意思。因此美國有元氣的原因之一我看在於「禮不下庶人」。

美國有元氣的另一個原因我看是學英雄而少學聖賢。我體會西方所謂的知識分子，有英雄的意思，但要求英雄還要有理性，實在太難了，所以雖然教育普及讀書人多，可稱知識分子的還是少。

37

五四的時候有一個說法，叫「改造國民性」。

蔣介石國民黨三〇年代的「新生活運動」，是用權力來指導「改造國民性」，毛澤東共產黨四九年後是用權力來改造「國民性」。看來用權力不行，因為世俗是自為的，是一種生態平衡，「指導」、「運動」像二氧化碳，多了會將「世俗」的臭氧層弄稀薄，捅個洞，人就不好活了。

也許有辦法改造國民性，比如改變教科書內容曾改變了清末民初的讀書人，所以民初有人提倡「教育救國」，是個穩妥可行的辦法，只是中國至今文盲的比例有增無減。

但通過讀書改造了自己的「國民性」的大部分讀書人，又書生氣太重，胸懷新「禮」性，眼裡揉不進砂子，少耐性，好革命，好指導革命。

我在雲南的時候，每天扛著個砍刀看熱帶雨林，明白眼前的這高高低低是億萬年自為形成的，香花毒草，哪一樣也不能少，遷一草木而動全林，更不要說革命性的砍伐了。我在內蒙亦看草原，原始森林和草原被破壞後不能恢復，道理都就在這裡。

我後來躺在草房裡也想通了「取其精華，去其糟粕」是一廂情願，而且它們連「皮之不存，毛將焉附」的關係都不是，皮、毛到底還是可以分開的。

糟粕、精華是一體，世俗社會亦是如此，「取」和「去」是我們由語言而轉化的分別智。

魯迅要改變國民性，也就是要改變中國世俗性格的一部分。他最後的絕望和孤獨，就在於以為靠讀書人的思想，可以改造得了，其實，非常非常難做到，悲劇也在這裡。

所謂悲劇，就是毀掉英雄的宿命，魯迅懂得的。但終其一生，魯迅有喜劇，就在於他批判揭露「禮下庶人」的殘酷與虛偽，幾百年來的統治權力對這種批判總是撲殺的。我在這裡講到魯迅，可能有被理解為不恭的地方，其實，對我個人來說，魯迅永遠是先生。

我想來想去，懷疑「改造國民性」這個命題有問題，這個命題是「改造自然」的意識形態的翻版，對於當下世界性的環境保護意識，我們不妨多讀一點弦外之音。而且所謂改造國民性，含禮下庶人的險意，很容易就被權力利用了。

中國文化的命運大概在於世俗吧，其中的非宿命處也許就是脫數百年來的禮下庶人，此是我這個晚輩俗人向五四並由此上溯到宋元明清諸英雄的灑祭之處。

38

世俗既無悲觀，亦無樂觀，它其實是無觀的自在。

喜它惱它都是因為我們有個「觀」。以為它要完了，它又元氣回復，以為它萬般景象，它又懨懨的，令人憂喜參半，哭笑不得。

世俗總是超出「觀」，令「觀」觀之有物，於是「觀」也才得以為觀。

我講來講去，無非也是一種「觀」罷了。

39

大致觀過了世俗，再來試觀中國小說。

五四以前的小說一路開列上去不免囉嗦，但總而觀之，世俗情態溢於言表。

近現代各種中國文學史，語氣中總不將中國古典小說拔得很高，大概是學者們暗中或多或少有一部西方小說史在心中比較。

小說的價值高漲，是五四開始的。這之前，小說在中國沒有地位，是「閑書」，名正言順的世俗之物。

做《漢書》的班固早就說「小說家者流，蓋出於稗官。街談巷語，道聽塗說者之所造也」，而且引孔子的話「是以君子弗為也」，意思是小人才寫小說。

我讀《史記》，是當它小說。史是什麼？某年月日，誰殺誰。孔子做《春秋》，只是改「殺」為「弒」，弒是臣殺君，於禮不合，一字之易，是為「春秋筆法」，但還是史的傳統，據實，雖然藏著判斷，但不可以有關於行為的想像。

太史公司馬遷家傳史官，他當然有寫史的訓練，明白寫史的規定，可你們看他卻是寫來活靈活現，他怎麼會看到陳勝年輕時望到大雁飛過而長嘆？鴻門宴一場，千古噱談，太史公被漢武帝割了卵子，心裡恨著劉漢諸皇，於是有傾向性的細節出現筆下了。

他也講到寫這書是「發憤」，「發憤」可不是史官應為，卻是做小說的動機之一種。

《史記》之前的《戰國策》，也可作小說來讀，但無疑司馬遷是中國小說第一人。同是漢朝的班固，他的功績是在《漢書》的〈藝文志〉裡列了「小說」。

40

到了魏晉的誌怪誌人，以至唐的傳奇，沒有太史公不著痕跡的佈局功力，卻有筆記的隨記隨奇，一派天真。

後來的《聊齋誌異》，雖然也寫狐怪，卻沒有了天真，但故事的收集方法，蒲松齡則是請教世俗。

莫言也是山東人，說和寫鬼怪，當代中國一絕，在他的家鄉高密，鬼怪就是當地世俗構成，像我這類四九年後城裡長大的，只知道「階級敵人」，哪裡就寫過他了？我聽莫言講鬼怪，格調情懷是唐以前的，語言卻是現在的，心裡喜歡，明白他是大才。

八六年夏天我和莫言在遼寧大連，他講起有一次回家鄉山東高密，晚上近到村子，村前有個蘆葦蕩，於是捲起褲腿涉水過去。不料人一攪動，水中立起無數小紅孩兒，連說吵死了吵死了，莫言只好退回岸上，水裡復歸平靜。但這水總是要過的，否則如何回家？家又就近在眼前，於是再蹚到水裡，小紅孩兒們則又從水中立起，連說吵死了吵死了。反覆了幾次之後，莫言只好在岸上蹲了一夜，天亮才涉水回家。

這是我自小以來聽到的最好的一個鬼故事，因此高興了很久，好像將童年的恐怖洗淨，重為天真。

41

唐朝還有和尚的「俗講」，就是用白話講佛的本生故事，一邊唱，用來吸引信徒。我們現在看敦煌卷子裡的那些俗講抄本，見得出真正世俗形式的小說初型。

宋元時候，「說話」非常發達，魯迅說宋傳奇沒有創造，因有說話人在。不過《太平廣記》裡記載隋朝就有「說話」人了，唐的話本，在敦煌卷子裡有些殘本，例如有個殘篇〈伍子胥〉，讀來非常像現在大陸北方的曲藝比如京韻大鼓的唱詞，節奏變化應該是隨音樂的，因為有很強的呼吸感。

周密的《武林舊事》記載南宋的杭州一地就有說話人百名，不少還是婦女，而且組織行會叫「書會」。說話人所據的底本就是「話本」。

我們看前些年出土的漢說書俑，形態生動得不得了，應該是漢時就有說書人了，可惜沒有文字留下來，但你們不覺得《史記》裡的「記」、「傳」就可以直接成為說的書，尤其是〈刺客列傳〉？

宋元話本，魯迅認為是中國小說史的一大變遷。我想，除了說話人，宋元時民間有條件大量使用紙，也是原因。那麼多說話人，總不能只有一冊「話本」傳來傳去吧？

漢《樂府》可唱，唐詩可唱，我覺得宋詩不可唱。宋詩入理，理唱起來多可怕，好比文化大革命的語錄歌，當然語錄歌是觀念，強迫的。宋詞是唱的。

中國人自古就講究說故事，以前跟皇帝講話，不會說故事，腦袋就要搬家。

春秋戰國產生那麼多寓言，多半是國王逼出來的。

當代反而是毛澤東講故事，他的幹部不講。皇帝講故事，不祥。王蒙講了個「稀粥的故事」，有人說是影射，鬧得王蒙非說不是，要打官司。其實用故事影射，是傳統，影射得好，可傳世。

記得二十年前在鄉下的時候，有個知青早上拿著短褲到隊長那裡請假，隊長問他你請什麼假？他說請例假吧。隊長說女人才有例假，你請什麼例假！他說女人流血，男人遺精，精、血是同等重要的東西，我為什麼不能請遺精的例假？隊長當然不理會這位山溝裡的修辭家。

我曾經碰到件事，一位女知青黨員恨我不合作，告到支書前面，說我偷看她上廁所。支書問我，我說看了，因為好奇她長了尾巴。支書問她你長了尾巴沒有？她說沒有。

鄉下的廁所也真是疏陋，對這樣的誣告，你沒有辦法證明你沒看，只能說個不合事實的結果，由此反證你沒看。幸虧這位支書有古典明君之風，否則我只靠「說故事」是混不到今天講什麼世俗與小說的。

42

元時讀書人不能科舉做官，只好寫雜劇，應該說這是中國世俗藝術史上的另一個「拍案驚奇」。

元的文人大規模進入世俗藝術創作，景觀有如唐的詩人寫詩。

元雜劇讀來令人神往的是其中的世俗情態與世俗口語。

「雜劇」這個詞晚唐以來一直有，只是到元雜劇才成為真正的戲劇，此前雜劇是包括雜耍的。臺灣「表演工作坊」來美國演出過的《那一夜我們說相聲》，體例非常像記載中的宋雜劇。

金雜劇後來又稱「院本」，是走江湖的人照本宣科，不過這些江湖之人將唱曲，也就是諸宮調加進去，慢慢成為短戲，為元雜劇做了準備。從金董解元的諸宮調《西廂記》到元王實甫的雜劇《西廂記》，我們可以看出這個脈絡。

中國古來的戲劇的性格，如同小說，也是世俗的，所以量非常之大。道光年間的皮簧戲因為進了北京成為京劇，戲目俗說是「唐三千宋八百」，不過統計下來，繼承和新作的總數有五千多種，真是嚇死人，我們現在還在演，世俗間熟悉的，也有百多齣。

元雜劇可考的作者有兩百多人，百年間留下可考的戲劇六百多種。明有三百年，雜劇作者一百多人，劇作三百多種，少於元代，大概是世俗小說開始進入興盛，精力分散的原因。由元入明的羅貫中除了寫雜劇，亦寫了《三國演義》，等於是明代世俗小說的開端。

43

皮簧初起時，因為來路鄉野，演唱起來草莽木直，劇目基本來自世俗小說中演義傳奇武俠一類，只是搞不懂為什麼沒有「言情」戲，倒是河北「蹦蹦戲」也就是現在大陸稱呼的「評劇」原來多有調情的戲。百五十年間，多位京劇大師搜尋學問，終於成就了一個癡迷世俗的大劇種。例如梅蘭芳成為紅角兒後，齊如山先生點撥他學崑腔戲的舞蹈，才有京劇中純舞蹈的祝壽戲「天女散花」。

此前燕趙一帶是河北梆子的天下，因為被京劇逐出「中心話語」，不服這口氣，年年要與京劇打擂臺比試高低，輸贏由最後各自臺前的俗眾多寡為憑。

我姥姥家是冀中，秋涼灌冬麥，夜色中可聽到農民唱梆子，血脈踴動，聲遏霜露，女子唱起來亦是蒼涼激越，古稱燕趙之地多慷慨悲歌之士，果然是這樣。

戲劇演出的世俗場面，你們都熟悉，皮簧梆子的鑼鼓鐃鈸梆笛，古早由軍樂來，開場時震天價響，為的是鎮壓世俗觀眾的喧嘩，很教魯迅在雜文中諷刺了一下。

以前角兒在臺上唱，跟包的端個茶壺在幕前侍候，角兒唱起來真是地老天荒，間歇時，會回身去喝上一口，俗眾亦不為意。以前義大利歌劇的場面，也是這樣，而且好的唱段，演員會應俗眾的叫好再重複一次，偶有唱不上去的時候，鞠躬致歉居然也能過去。開場時亦是嘈雜，市井之徒甚至會約了架到戲園子去打，所以歌劇序曲最初有鎮壓喧嘩的作用，我們現在則將聽歌劇做成一種教養，去時服裝講究，哪裡還敢打架？

你們聽羅西尼的歌劇序曲的ＣＤ唱片，音量要事先調好，否則喇叭會承受不起，因為那時的序曲不是為我們在家裡聽的。話扯得遠了，還是回到小說來。

44

明代是中國古典小說的黃金時代，我們現在讀的大部頭古典小說，多是明代產生的，《水滸傳》、《西遊記》、《金瓶梅詞話》、《封神演義》、「三言」、「二拍」擬話本等等，無一不是描寫世俗的小說，而且明明白白是要世俗之人來讀的。

《三國演義》、《東周列國志》、《楊家將》等等，則是將歷史演義給世俗來看，成為小說而與史實關係不大。

我小的時候玩一種遊戲，拍洋畫兒。洋畫兒就是香菸盒裡夾的小畫片，大人買菸抽，就把畫片給小孩子，不知多少盒菸裡會夾一張有記號的畫片，碰到了即是中獎。香菸，明朝輸入中國，畫片，則是清朝輸入的機器印刷，都是外來的，所以畫片叫「洋」畫兒。

可是這洋畫兒背後，畫的是《水滸》一百單八將。玩的時候將畫片擺在地上，各人掄圓了胳膊用手搧，以翻過來的人物定輸贏，因為梁山泊好漢排過座次。一個拍洋畫兒的小孩子不讀《水滸》，就不知道輸贏。

明代的這些小說，特點是元氣足，你們再看明代筆記中那時的世俗，亦是有元氣。明代小說個個兒像富貴人家出來的孩子，沒有窮酸氣。

我小的時候每讀《水滸》，精神倍增，憑添草莽氣，至今不衰。俗說少「不讀水滸」，看來同感的俗人很多，以至要形成誡。

明代小說還有個特點，就是開頭結尾的規勸，這可說是我前面提的禮下庶人在世俗讀物中的影響。可是小說一展開，其中的世俗性格，其中的細節過程，讓你完全忘了作者還有個規勸在前面，就像小時候不得不向老師認錯，出了教研室的門該打還打，該追還追。認錯是為出那個門，規勸是為轉正題，話頭罷了。

《金瓶梅詞話》就是個典型。《肉蒲團》也是，它還有一個名字《覺後禪》，簡直就是虛晃一招。「三言」「二拍」則篇篇有勸，篇篇是勸後才生動起來。

45

《金瓶梅詞話》是明代世俗小說中最自覺的一部。按說它由《水滸》裡武松的故事中導引出來，會發展英雄殺美的路子，其實那是個話引子。

我以前與朋友夜談，後來朋友在畫中題記「色不可無情，情亦不可無色。或曰美人不淫是泥美人，英雄不邪乃死英雄。痛語」，這類似金聖嘆的意思。蘭陵笑笑生大概是不喜歡武松的不邪，筆頭一轉，直入邪男淫女的世俗庭院。

《金瓶梅詞話》歷代被禁，是因為其中的性行為描寫，可我們若仔細看，就知道如果將小說裡所有的性行為段落摘掉，小說竟毫髮無傷。

你們只要找來大陸人民文學出版社一九八五年版的《金瓶梅詞話》潔本看看，自有體會。後來香港的一份雜誌將潔本刪的一萬九千一百六十一個字排印成冊，你們也可找來看，因為看了才能體會出所刪段落的文筆遜於未刪的文筆，而且動作重複。

《金瓶梅詞話》全書一百回，五十二回無性行為描寫，又有將近三十回的程度等同明代其它小說的慣常描寫，因此我懷疑大部分性行為的段落是另外的人所加，大概是書商考慮到銷路，捉人代筆，插在書中，很像現在的電視插播廣告。

「潘金蓮大鬧葡萄架」應該是蘭陵笑笑生的，寫的環境有作用，人物有情緒變化過程，是發展合理的邪性事兒，所以是小說筆法。

說《金瓶梅詞話》是最自覺的世俗小說，就在於它將英雄傳奇的話頭撇開後，不以奇異勾人，不打誑語，只寫人情世態，三姑六婆，爭風吃醋，奸是小奸，壞亦不大，平和時期的世俗，正是這樣。它的性行為段落，競爭不過類似《肉蒲團》這類的小說。

《肉蒲團》出不來潔本，在於它骨頭和肉長在一起了，剔分不開，這亦是它的成功之處。

我倒覺得誌怪傳奇到了明末清初，被性文字接過去了，你們看《燈草和尚》、《浪史》等等小說，真的是奇是怪。本來性幻想就是想像力，小說的想像性質則如火上潑油，色情得刁鑽古怪，缺乏想像力的初讀者讀來不免目瞪口呆。

不過說起來這「色情」是只有人才有的，不同類的動物不會見到另類動物交合而發情，人卻會這樣，因為人有想像力。人是因為「色情」而與動物有分別，大陸常引用的「文學就是人學」，具體而言，解為文學應該有色情不算概念錯誤吧。

《金瓶梅詞話》應該是中國現代小說的開山之作。如果不是滿人入關後的清教意識與文字制度，由晚明小說直接一路發展下來，本世紀初的文學革命大概會是另外的提法。

歷史當然不能假設，我只是這麼一說。

46

晚明有個馮夢龍，獨自編寫了《喻世明言》、《警世通言》、《醒世恆言》俗稱「三言」的話本小說，又有話本講史六種，是整理世俗小說的一個大工程。他還作有筆記小品五種，傳奇十九種，散曲、詩集、曲譜等等差不多總有五十多種吧。

他輯的江南民歌集《山歌》，據實以錄，等同史筆，三百年後五四時的北京大學受西方民俗學、人類學影響開始收集民歌，尚有所不錄，這馮夢龍可說是個超時代的人。

晚明還有個怪才徐文長，就是寫過《四聲猿》的那個徐渭，記載中說他長得修偉肥白，大個子，肥而且白，現在街上不難見到這樣形貌的人，難得的是「修」，「修」不妨解為風度。他還寫過個劇本《歌代嘯》，你們若有興趣不妨找來看看，不難讀的，多是口語俗語，妙趣橫生，荒誕透頂，大誠懇埋得很深，令人驚訝。我現在每看荒誕戲，常想到《歌代嘯》，奇怪。

晚明的金聖嘆，批過六部「才子書」，選得卻是雅至《離騷》、《莊子》，俗到《西廂》、《水滸》，這種批評意識，也只有晚明才出得來。

晚明實在是個要研究的時期，郡縣專制之下，卻思想活躍多鋒芒，又自覺於資料輯錄，當時西方最高的科學文明已借耶穌會士傳入中國，若不是明亡，天曉得要出什麼局面。你們看我忍不住又來假設歷史，不過「假設」和「色情」一樣，亦是只有人才有的。

我們常聽到要復興中華文化，卻都是大話、套話，我無非是具體想到晚明不妨是個意識的接啟點，因為它開始有敏銳合理的思想發生，對傳統及外來採改良漸近。

47

到了清代，當然就是《紅樓夢》。

倡導五四新文學的胡適之先生做過曹家的考證，但我看李辰冬先生在〈科學方法與文學研究〉裡記述胡先生說《紅樓夢》這部小說沒有價值。胡先生認為沒有價值的小說還有《三國演義》、《西遊記》等等。

我在前面說到中國小說地位的高漲，是五四開始的，那時的新文學被認為是可以改造國民性，可以引起革命，是有價值的。魯迅就是中斷了學醫改做文學，由〈狂人日記〉開始，到了〈酒樓上〉就失望懷疑了，終於完全轉入雜文，匕首投槍。

胡先生對《紅樓夢》的看法，我想正是所謂「時代精神」，反世俗的時代精神。

《紅樓夢》，說平實了，就是世俗小說。

小的時候，我家住的大雜院裡的婦女們無事時會聚到一起聽《紅樓夢》，我家阿姨叫做周玉潔的，識字，她念，大家插嘴，所以常常停下來，我還記得有人說林姑娘就是命苦，可是這樣的人也是娶不得，老是話裡藏針，一年三百六十五天可怎麼過？我長大後卻發現讀書人都欣賞林黛玉。

不少朋友對我說過《紅樓夢》太瑣碎，姑嫂婆媳男男女女，讀不下去，言下之意是，既然文學史將它提得那麼偉大，我們為何讀不出？我慣常的說法是讀不下去就不要讀，紅燒肉燉粉條子，你忌油膩就不必強吃。

評論中常常讚美《紅樓夢》的詩詞高雅，我看是有點瞎起勁。曹雪芹的功力，在於將小說中詩詞的水平吻合小說中角色的水平。

以紅學家考證的曹雪芹的生平來看，他在小說中借題發揮幾首大開大闔的詩或詞，不應該是難事，但他感嘆的是俗世的變換，大觀園中的人物有何等見識，曹雪芹就替他們寫何等境界的詩或詞，這才是真正成熟的小說家的觀照。小說中講「批閱十載」，一定包括為角色調整詩詞，以至有替薛蟠寫的「雞巴」詩。

曹雪芹替寶玉、黛玉和薛蟠寫詩，比只寫高雅詩要難多了！而且曹雪芹還要為胡庸醫開出虎狼藥方，你總不能說曹先生開的藥方是可以起死回生的吧？

48

我既說《紅樓夢》是世俗小說，但《紅樓夢》另有因素使它成為中國古典小說的頂峰，這因素竟然也是詩，但不是小說中角色的詩，而是曹雪芹將中國詩的意識引入小說。

七〇年代初去世的加州大學柏克萊校區的陳世驤先生對中國詩的研究評價，你們都知道，不必我來囉嗦。陳世驤先生對張愛玲說過，中國文學的好處在詩，不在小說。

我來發揮的是，《紅樓夢》是世俗小說，它的好處在詩的意識。

除了當代，詩在中國地位一直最高，次之文章。小說地位低，這也是原因。要想在中國這樣一種情況下將小說做好，運用詩的意識是一種路子。《紅樓夢》開篇提到厭煩才子佳人小人撥亂的套路，潛臺詞就是「那不是詩」。

詩是什麼？「空山不見人，但聞人語響。返景入深林，復照青苔上」，無一句不實，但聯綴這些「實」也就是「象」以後，卻產生一種再也實寫不出來的「意」。

曹雪芹即是把握住世俗關係的「象」之上有個「意」，使《紅樓夢》區別於它以前的世俗小說。這以後差不多一直到五四新文學之前，再也沒有出現過這樣的小說。

這一點是我二十歲以後的一個心得，自己只是在寫小說時注意不要讓這個心得自覺起來，好比打嗝胃酸湧上來。我的「遍地風流」系列短篇因為是少作，所以「詩」腔外露，做作得不得了。我是不會直接做詩的人，所以很想知道曹雪芹是怎麼想的。

49

既提到詩，不妨多扯幾句。

依我之見，藝術起源於母系時代的巫，原理在那時大致確立。文字發明於父系時代，用來記錄母系創作的遺傳，或者用來篡改這種遺傳。

為什麼巫使藝術發生呢？因為巫是專職溝通人神的，其心要誠。表達這個誠的狀態，要有手段，於是藝術來了，誦，歌，舞，韻的組合排列，色彩，圖形。

巫是專門幹這個的，可比我們現在的專業藝術家。什麼事情一到專業地步，花樣就來了。

巫要富靈感。例如大瘟疫，久旱不雨，敵人來犯，巫又是一族的領袖，千百隻眼睛等著他，心靈腦力的激蕩不安，久思不獲，突然得之，現在的詩人們當有同感，所謂創作的焦慮或真誠。若遇節令，大收穫，產子等等，也都要真誠地禱謝。這麼多的項目需求，真是要專業才應付得過來。

所以藝術在巫的時代，初始應該是一種工具，但成為工具後，巫靠它來將自己催眠進入狀態，繼續產生藝術，再將其他人催眠，大家共同進入一種催眠的狀態。這種狀態，應該是遠古的真誠。

宗教亦是如此。那時的藝術，是整體的，是當時最高的人文狀態。

藝術最初靠什麼？靠想像。巫的時代靠巫師想像，其他人相信他的想像。現在無非是每個藝術家都是巫，希望別的人，包括別的巫也認可自己的想像罷了。

藝術起源於勞動的說法，不無道理，但專業與非專業是有很大的區別的，與各個人先天的素質也是有區別的。靈感契機人人都會有一些，但將它們完成為藝術形態並且傳下去，不斷完善修改，應該是巫這種專業人士來做的。

50

所以現在中國人對藝術的各種說法，都有來源，什麼「藝術為政治服務」啦，

什麼「藝術是最偉大的」啦，

什麼「靈感」、「狀態」啦，

什麼「藝術家不能等同常人」啦，

什麼「創作是無中生有」啦，

什麼「藝術的社會責任感」啦，

什麼「藝術與宗教相通」啦，

什麼「藝術就是想像」啦，

等等等等，這些要求，指證，描述，都是巫可以承擔起來的。

應該說，直到今天藝術還處在巫的形態裡。

你們不妨去觀察你們的藝術家朋友，再聽聽他們或真或假的「創作談」，都是巫風的遺緒。當然也有拿酒遮臉借酒撒瘋的世故，因為「藝術」也可以成為一種藉口。

詩很早就由誦和歌演變而成，詩在中國的地位那麼高，有它在中國發生太早的緣因。

中國藝術的高雅精神傳之在詩。中國詩一直有抒情、韻律、意象的特點。「意象」裡，「意」是催眠的結果，由「象」來完成。

將藝術獨立出來，所謂純藝術，純小說，是人類在後來的逐步自覺，是理性。

當初巫對藝術的理性要求應該是實用，創作時則是非理性。

我對藝術理性總是覺得吉凶未卜，像我講小說要入詩的意識，才可能將中國小說既不脫俗又脫俗，就是一種理性，所以亦是吉凶未卜，姑且聽我這麼一說吧。

51

另外，以我看來，曹雪芹對所有的角色都有世俗的同情，相同之情，例如寶釵，賈政等等乃至討厭的老媽子。

寫「現實主義」小說，強調所謂觀察生活，這個提法我看是隔靴搔癢。你對周遭無有同情，何以觀察？有眼無珠罷了。

我主張「同情的自由」，自由是種能力，我們其實受很多束縛，例如「道德」，「時髦」，缺乏廣泛的相同之情的能力，因此離自由還早。即使對諸如「道德」、「時髦」，也要有同情才完全。

劉再復先生早幾年提過兩重性格，其實人只有一重性格，類似痴呆，兩重，無趣，要多重乃至不可分重，才有意思了。

寫書的人越是多重自身，對「實相」、「幻相」才越有多種同情，相同之情，一身而有多身的相同之情。

這就要說到「想像力」，但想像力實在是做藝術的基本能力，就像男子跑百米總要近十秒才有資格進入決賽，十一秒免談。

若認為自稱現實主義的人寫小說必然在說現實，是這樣認為的人缺乏想像力。

52

世俗世俗，就是活生生的多重實在，豈是好壞興亡所能剔分的？我前面說《紅樓夢》開篇提到厭煩才子佳人小人撥亂的套路，只不過曹雪芹人重言輕了，才子佳人小人撥亂自是一重世俗趣味，犯不上這麼對著幹，不知曹公在天之靈以為然否？

這樣一派明顯的中國古典小說的世俗景觀，近當代中國文學史和文學評論多不明寫，或者是這樣寫會顯得不革命沒學問？那可能就是故意不挑明。

這樣的結果，當然使受過革命或理論洗禮的人們羞於以世俗經驗與情感來讀小說，也就是胡適之先生說的「沒有價值」。

周作人先生在《北平的好壞》裡談到中國戲，說「中國超階級的升官發財多妻的腐敗思想隨處皆是，而在小說戲文裡最為濃厚顯著」，我倒覺得中國小說戲文的不自在處，因為有禮下庶人的束縛。「沒有價值」，這是時代精神，反世俗的時代精神。其實胡適之、朱自清、鄭振鐸諸先生後來在西方理論的影響下都做過白話小說史或俗文學史，只是有些虎頭蛇尾。

相反，民初一代的革命文人，他們在世俗生活中的自為活躍，讀讀回憶錄就令人驚奇，直要到四九年都穿上了藍制服，他們才明白味道有些不對頭。

53

《紅樓夢》將詩的意識帶入世俗小說，成為中國世俗小說的一響晨鐘，雖是晨鐘，上午來得也實在慢。

《紅樓夢》氣長且綿，多少後人臨此帖，只有氣短、濫和酸。

《紅樓夢》造成了古典世俗小說的高峰，卻不是暮鼓，清代世俗小說依世俗的需要，層出不窮。到了清末，混雜著繼續下來的優秀古典世俗小說，中國近現代的世俗小說開始興起，鼎盛。

清末有一冊《老殘遊記》不妨看重，劉鶚信筆寫來，有一種很特殊的誠懇在裡面。

我們做小說，都有小說「腔」在，《老殘遊記》沒有小說腔。讀它的疑惑也就在此，你用盡古典小說批評，它可能不是小說，可它不是小說是什麼呢？

《老殘遊記》的樣貌正是後現代批評的一個範本，行話稱「文本」，俗說叫「作品」，可後現代批評怎麼消解它的那份世俗誠懇呢？

不過後現代批評也形成了「腔」，於是有諸多投「腔」而來的後現代小說，《老殘遊記》無此嫌疑，是一塊新鮮肉，以後若有時間不妨來聊聊它。

54

晚清一直到一九四九年前的小說，「鴛鴦蝴蝶派」可以說是這一時期的主流。

像我這樣的人，幾乎不瞭解「鴛鴦蝴蝶派」。我是個一九四九年以後在中國大陸長大的人，知道中國近現代的文學上有過「鴛鴦蝴蝶派」，是因為看魯迅的雜文裡提到，語稍譏諷，想來是幾個無聊文人在大時代裡做無聊事吧。

又見過文學史裡略提到「鴛鴦蝴蝶派」，比如鄭振鐸諸先生，都斥它為「逆流」。我因為好奇這逆流，倒特別去尋看。一九六四年以前，北京的舊書店裡還常常可以翻檢到「鴛鴦蝴蝶派」的東西。

「鴛鴦蝴蝶派」據文學史說興起於一九〇八年左右。為什麼這時世俗小說會成為主流，我猜與一九〇五年清廷正式廢除科舉制度有關聯。

此前元代的不准漢人科舉做官，造成漢族讀書人轉而去寫戲曲，結果元雜劇元曲奇盛。清末廢科舉，難免讀過書的人轉而寫寫小說。

另一個原因我想是西方的機器印刷術傳進來，有點像宋時世俗間有條件大量使用紙。

五十多年間「鴛鴦蝴蝶派」大約有五百多個作者，我一提你們就知道的有周瘦鵑，包天笑，張恨水等等。當時幾乎所有的刊物或報紙的副刊，例如《小說月報》、《申報》的「自由談」等等，都是「鴛鴦蝴蝶派」的天下。五四之前，包括像戴望舒、葉聖陶、老舍、劉半農、施蟄存這些後來成為新文學作家的大家，都在「鴛鴦蝴蝶派」的領地寫過東西。

當代的大陸，一九七六年到一九八六的十年間，亦是寫小說的人無數，亦是讀過書的人業餘無事可做，於是寫寫小說吧，倒不一定與熱愛文學有關。精力總要有地方釋放。

你們只要想想整個兒大陸有數百家文學刊物，其他報刊還備有文學專欄，光是每個月填滿這些空兒，就要發出多少文字量！更不要說還有數倍於此的退稿。粗估估，這十年的小說文字量相當於十年文化大革命寫交代檢查和揭發聲討的文字量。

八四年後，世俗間自為的餘地漸漸出現，尤其是一九八九年後，私人做生意就好像官家恢復科舉，有能力的人當然要去試一試。寫小說的人少了，正是自為的世俗空間開始出現，從世俗的角度看就是中國開始移向正常。

反而前面提到的那十年那麼多人要搞那麼多「純」小說，很是不祥。我自己的看法是純小說，先鋒小說，處於三五知音小眾文化生態比較正常。

55

「鴛鴦蝴蝶派」的門類又非常多：言情，這不必說；社會，也不必說；武俠，例如向愷然也就是「平江不肖生」的《江湖奇俠傳》，也叫《火燒紅蓮寺》；李壽民也就是「還珠樓主」的《蜀山劍俠傳》；狹邪色情，像張春帆的《九尾龜》、《摩登淫女》，王小逸的《夜來香》；滑稽，像徐卓呆的《何必當初》；歷史演義，像蔡東藩的十一部如《前漢通俗演義》到《民國通俗演義》；宮闈，像許嘯天的《清宮十三朝演義》，秦瘦鷗譯自英文，德齡女士的《御香縹緲錄》；偵探，像程小青的《霍桑探案》等等等等。又文言白話翻譯雜陳，長篇短篇插圖紛披，足以滿足世俗需要，這股「逆流」，實在也是浩浩蕩蕩了些。

這些門類裡，又多有摻混，像張恨水的《啼笑姻緣》，就有言情、社會、武俠。

我小的時候大約六〇年代初，住家附近的西單劇場，就上演過改編為曲劇的《啼笑姻緣》。當時正是「大躍進」之後的天災人禍，為了轉移焦點，於是放鬆世俗空間，《啼笑姻緣》得以冒頭，嚷動四城，可惜我家那時窮得可以，終於看不成。

這樣說起來，你們大概會說「這哪裡只是什麼鴛鴦蝴蝶」？我也是這樣認為，所謂「鴛鴦蝴蝶派」，不要被鴛鴦與蝴蝶迷了眼睛，應該大而言之為世俗小說。

你們若有興趣，不妨看看魏紹昌先生編輯的《鴛鴦蝴蝶派研究資料》，當時的名家都有選篇。不要不好意思，張愛玲也是看鴛鴦蝴蝶派的小說的。

我這幾年給義大利的《共和報》和一份雜誌寫東西，有一次分別寫了兩篇關於中國電影的文字，其中主要的意思就是中國大陸一九四九年以前的電影，無一不是世俗電影，中國電影的性格，就是世俗，而且產生了一種世俗精神。

中國電影的發生，是在中國近當代世俗小說成了氣象後，因此中國電影亦可說是「鴛鴦蝴蝶派」的影像版。這是題外話，提它是因為它有題內意。

清末至民國的世俗小說，在五四前進入鼎盛。二〇年代，新文學開始了。

56

這就說到五四。

我一九八六年去美國漪色佳的康乃爾大學，因那裡有個很美的湖，所以這音譯名實在是恰當。另一個譯得好的是義大利的翡冷翠，也就是我們現在說的佛羅倫斯。我去這個名城，看到宮邸教堂用綠紋大理石，原來這種顏色的大理石是這個城市的專用，再聽它的義大利語發音，就是翡冷翠，真是佩服徐志摩。

當年胡適之先生在漪色佳的湖邊坐臥，提出「文學革命」，而文學革命的其中一項是「白話文運動」。

立在這湖邊，不禁想起自己心中長久的一個疑問：中國古典世俗小說基本上是白話，例如《紅樓夢》，就是大白話，為什麼還要在文學革命裡提倡白話文？

我的十年學校教育，都是白話文，小學五年級在課堂上看《水滸》入迷，書被老師沒收，還要家長去談話。《水滸》若是文言，我怎麼看得懂而入迷？

原來這白話文，是為了革命宣傳，例如標語，就要用民眾都懂的大白話。胡適之先生後來說「共產黨裡白話文做得好的，還是毛澤東」就講到點子上了。

初期的新文學白話文學語言，多是半文半白或翻譯體或學生腔。例如郭沫若的文字，一直是學生腔。

我想對於白話文一直有個誤會，就是以為將白話用文字記錄下來就成白話文了。其實成文是一件很不容易的事。白話文白話文，白話要成為「文」

才是白話文。

五四時期做白話文的三四流者的顛倒處在於小看了文，大看了白話文藝腔。

舉例來說，電影《孩子王》的一大失誤就是對話採用原小說中的對話，殊不知小說是將白話改造成文，電影對白應該將文還原為白話，也就是口語才像人說話。北京人見面說「吃了嗎您？」，寫為「您吃飯了？」是入文的結果。你們再去讀老舍的小說，其實是將北京的白話處理過入文的。

我看電影《孩子王》，如坐針氈，後來想想算它是製作中無意得之的風格，倒也統一。推而廣之，五四時期的白話文亦可視為一種時代的風格。

再大而視之，當今有不少作家拿捏住口語中的節奏，貫串成文，文也就有另外的姿式了，大陸是北京的劉索拉寫《你別無選擇》、《藍天綠海》得此先機。

轉回原來的意思，單從白話的角度來說，我看新文學不如同時的世俗文學，直要到張愛玲才起死回生。先前的魯迅則是個特例。

說魯迅是個特例，在於魯迅的白話小說可不是一般人能讀懂的。這個懂有兩種意思，一是能否懂文字後面的意思，白話白話，直白的話，「打倒某某某」，就是字表面的意思。

二是能否再用白話覆述一遍小說而味道還在。魯迅的小說是不能再覆述的。也許因為如此，魯迅後來特別提倡比白話文更進一步的「大眾語」。

魯迅應該是明白世俗小說與新文學小說的分別的，他的母親要看小說，於是他買了張恨水的小說給母親看，而不是自己或同一營壘裡的小說。

「鴛鴦蝴蝶派」的初期名作，徐枕亞的《玉梨魂》是四六駢體，因為受歡迎，所以三〇年代顧羽將它「翻」成白話。

新文學的初期名作，魯迅的〈狂人日記〉，篇首為文言筆記體，日記是白話。我總覺得這裡面有一些共同點，就是轉型適應，適應轉型。

57

五四時代還形成了一種翻譯文體，也是轉了很久的型，影響白話小說的文體至巨。

初期的翻譯文句頗像外語專科學校學生的課堂作業，努力而不通脫，連魯迅都主張「硬譯」，我是從來都沒有將他硬譯的果戈里的《死魂靈》讀過三分之一，還常俗說為「死靈魂」。

我是主張與其硬譯，不如原文硬上，先例是唐的翻譯佛經，凡無對應的，就音譯，比如「佛」。音譯很大程度上等於原文硬上。前面說過的日本詞，我們直接拿來用，就是原文硬上，不過因為是漢字形，不太突兀罷了。

翻譯文體還有另外的問題，就是翻譯者的漢文字功力，容易讓人誤會為西方本典。沙林傑的《麥田守望者》（即《麥田捕手》），當初美國的家長們反對成為學生必讀物，看中譯文是體會不出他們何以會反對的。《麥田守望者》用王朔的語言翻譯也許接近一些，「守望者」就是一個很規矩的英漢字典詞。

中譯文裡譯《麥田守望者》的粗口為「他媽的」，其中的「的」多餘，即使「他媽」亦應輕讀。漢語講話，髒詞常常是口頭語，主要的功能是以弱讀來加強隨之的重音，形成節奏，使語言有精神。

節奏是最直接的感染與說服。你們不妨將「他媽」弱讀，說「誰他媽信哪！」，聽起來是有感染力的「誰信哪！」，加上「的」，節奏就亂了。

翻譯文體對現代中文的影響之大，令我們幾乎不自覺了。中文是有節奏的，當然任何語言都有節奏，只是節奏不同，很難對應。口語裡「的、地、得」不常用，用起來也是輕音，寫在小說裡則字面平均，語法正確了，節奏常常就消失了。

中國的戲裡打單皮的若錯了節奏，臺上的武生甚至會跌死，文字其實也有如此的險境。

翻譯家裡好的有傅雷翻巴爾札克，汝龍翻契訶夫，李健吾翻福樓拜等等。《聖經》亦是翻得好，有樸素的神性，有節奏。

好翻譯體我接受，翻譯腔受不了。

沒有翻譯腔的我看是張愛玲，她英文好，有些小說甚至是先寫成英文，可是讀她的中文，節奏在，魅力當然就在了。錢鍾書先生寫《圍城》，也是好例子，外文底子深藏不露，又會戲仿別的文體，學的人若體會不當，徒亂了自己。

你們的英語都比我好，我趁早打住。只是順便說一下，中國古典文字中，只在詩裡有意識流。話題扯遠了，返回去講五四。

58

對於五四的講述，真是汗牛充棟，不過大體說來，都是一種講法。

我八五年在香港的書店站著快速翻完美國周策縱先生的《五四運動史》，算是第一次知道關於五四的另一種講法。我自小買不起書，總是到書店去站著看書，所以養成個駝背水蛇腰，是個腐朽文人的樣子。

八七年又在美國讀到《曹汝霖一生之回憶》，算是聽到當年火燒趙家樓時躲在夾壁間的人的說法。

總有人問我你讀過多少書，我慣常回答沒讀過多少書。你只要想想大陸的幾套關於中國歷史的大部頭兒巨著，看來看去是一種觀點，我怎麼好意思說我讀過幾套中國歷史呢？

一九八八年，大陸的《上海文論》有陳思和先生與王曉明先生主持的「重寫文學史」批評活動，開始了另外的講法，可惜不久又不許做了。之後上海的王曉明先生有篇〈一份雜誌和一個「社團」——論「五四」文學傳統〉登在香港出版的《今天》九一年第三、四期合刊上，你們不妨找來看看。

他重讀當時的權威雜誌《新青年》和文學研究會，道出新文學的醉翁之意不在酒。

有意思的是喝過新文學之酒而成醉翁的許多人，只喝一種酒，而且酒後脾氣很大，說別的酒都是壞酒，新文學酒店亦只許一家，所謂宗派主義。

我覺得有意思的是，世俗小說從來不為自己立傳，鴛鴦蝴蝶派作家范煙橋二〇年代寫的《中國小說史》大概是唯一的例外，他在六〇年代應要求將內容補寫到一九四九年，書名換作《民國舊派小說史略》。

新文學則為自己寫史，向世俗小說挑戰，用現在的話來說，是奪取解釋權，建立權威話語吧？

這樣說也不對，因為世俗小說並不建立解釋權讓人來奪取，也不挑戰應戰，不過由此可見世俗小說倒真是自為的。

59

新文學的功利主義，到毛澤東的〈在延安文藝座談會上的講話〉，可說是重新油漆了一遍，像個新樣式。

它做為戰時動員可以，道理就像戰時需燈火管制，可和平時期還燈火管制，難免令人想到戰時。這個新樣式，影響了直到今天的大陸小說，不可不說上兩句。

五四的新文學裡，加給小說的是「改造國民性」，所以小說是手術刀，劃開哪一層，哪一個部位，端看革命者的需要。

到了〈在延安文藝座談會上的講話〉，刀子下得不太一樣了，大眾當然要被改造和被宣傳，但大眾的「國民性」到這時因革命的需要，並非一無是處，大眾需要「寵」一下，才好做革命的力量，所以有動員大眾，為大眾服務的說法。

為大眾服務，因此有大眾文學，再加上廣泛的抗日民族統一戰線，這一來，你們是不是覺得有點恢復世俗文學的味道？

唐玄宗、宋徽宗再是文藝皇帝，明崇禎再有為，都沒有想到利用世俗文藝，難怪毛澤東要感嘆「數風流人物，還看今朝」。

60

毛澤東是個厲害角色，他其實是看不起五四革命文人的，筆下稍稍一轉，新文學就沒有了，新名為「工農兵文藝」，「文藝為工農兵服務」。

工農兵何許人？就是世俗之人。為世俗之人的文藝是什麼文藝？當然就是世俗文藝。

所以從小說來看，延安小說乃至延安文藝工作者掌權後的小說，大感覺上是恢復了小說的世俗樣貌。「深入生活」是做東家的毛澤東共產黨不願意白養活文學長工，吆喝大家下地。

古來的世俗小說家哪個叫人吆喝過？

從趙樹理到浩然，即是這一條來路。平心而論，趙樹理和浩然，都是會寫的，你們不妨看看趙樹理初期的〈李有才板話〉、〈孟祥英〉、〈小二黑結婚〉、〈羅漢錢〉，真的是鄉俗到家，念起來亦活靈活現，是上好的世俗小說。只有一篇〈地板〉，為了揭露地主的剝削本質，講亂了，讀來讓人體會到地主真是辛苦不容易，算是幫了倒忙。

當年古元的仿年畫的木刻，李劫夫的抗日歌曲如〈王二小放牛郎〉，等等等等，都是上好的革命世俗文藝，反倒是大城市來的文化人像丁玲、艾青，有一點學不來的尷尬。

61

一九四九年中國共產黨進城，整個文藝樣貌，是鄉村世俗文藝的逐步演變，《白毛女》從民間傳說到梆子調民歌劇到電影到芭蕾舞就是個活生生的例子。

從小說來看，《新兒女英雄傳》、《高玉寶》、《平原游擊隊》、《鐵道游擊隊》、《敵後武工隊》、《烈火金剛》、《紅岩》、《苦菜花》、《迎春花》、《林海雪原》、《歐陽海之歌》、《金光大道》等等，都是世俗小說中英雄傳奇通俗演義的翻版。才子佳人的翻版則是《青春之歌》、《三家巷》、《苦鬥》等等，真也是一個轟轟烈烈的局面。

文革後則有得首屆「茅盾文學獎」的長篇《芙蓉鎮》做繼承，只不過作者才力不如前輩，自己囉嗦了一本書的二分之一，世俗其實是不耐煩你來教訓人的。近年有本海外出的《毛澤東和他的女人們》，則是帝王豔史的翻版，世俗到毛澤東身上來了，好處是品種越來越齊全。

研究當代大陸小說，「革命」世俗小說是一個非常明顯的線索。

值得一提的是，大陸四十年來的電影，是緊跟在工農兵文藝，也就是「革命」世俗文藝後面的。謝晉是「革命」世俗電影語言最成熟的導演，就像四九年以前世俗之人看電影必帶手絹，不流淚不是好電影一樣，謝晉的電影也會讓革命的世俗之人淚不自禁。

這樣的世俗小說，可以總合五四以來的「平民文學」、「普羅文學」、「大眾文學」、「為人生的文學」、「寫實文學」、「社會文學」、「革命文學」等等一系列的革命文學觀，兼收並蓄，兵馬齊集，大體志同道合，近代恐怕還沒有哪個語種的文學可以有如此的場面規格吧？

可惜要去其糟粕，比如，「神怪」類就不許有，近年借拉丁美洲的「魔幻現實主義」開始還魂，只是新魂比舊鬼差些想像力。

又比如「言情」類不許寫，近年自為的世俗開始抬頭，言情言色俱備，有久別勝新婚的憨狂，但到底是久別，有些觸摸不到位，讓古人叫聲慚愧。

「社會黑幕」類則由報告文學總攬，震動世俗。

62

「工農兵文藝」是偽的，因為新中國是掃除自為的世俗的，由此建立的權威話語，是一種強效消除世俗劑，禮下庶人的醬蘿蔔，偶爾下飯雖無不可，常吃肯定營養不良。

不過既要講工農兵，則開始講歷史上「勞動人民的創造」，「創造」說完之後，你可以閉上眼睛等那個「當然」，「當然」之後一定是耳熟能詳的「糟粕」，一定有的，錯了管換。雖然對曹雪芹這樣的人比較客氣，加上「由於歷史的侷限」，可沒有這「侷限」的魅力，何來《紅樓夢》？

話說過了頭兒了就忘掉我們的時代將來也會是古代，我們也會成古人。

毛澤東對革命文藝有個說法是「革命現實主義與革命浪漫主義相結合」，是多元論，這未嘗不是文藝之一種。說它限制了文藝創作，無非是說的人自己限制了自己，你不照做就是了，至多是不能發表。

但這個說法，卻是有來歷的，它是繼承五四新文學的「寫實主義」與彼時興盛的浪漫主義，只是五四的浪漫主義因為自西方的十八世紀末十九世紀初的浪漫主義而來，多個人主義因素，毛澤東的浪漫主義則是集團理想，與超現實的新中國理想相諧，這一轉倒正與清末以來的政治初衷相合，對絕大多數的中國人來說，基本上不覺得突兀。

63

說起來，我是讀五四新文學這一路長大的，只不過是被推到一個邊緣的角度讀，邊緣的原因我在講世俗的時候說過了，有些景觀也許倒看得更細緻些。

五四的文學革命，有一個與當時的提倡相反的潛意識，意思就是雖然口號提倡文字要俗白，寫起來卻是將小說詩化。

我說過，中國歷來的世俗小說，是非詩化的，《紅樓夢》是將世俗小說入詩的意識的第一部小說。《金瓶梅詞話》裡的「詞」，以及「話本」小說的「開場詩」，並非是將詩意入小說。

在我看來，如果講五四的文學革命對文學的意義，就在於開始詩化小說，魯迅是個很好的例子，我這麼一提，你們不妨再從〈狂人日記〉到〈孤獨者〉回憶一下，也許有些體會。魯迅早期寫過〈摩羅詩力說〉，已見心機。

所以我看魯迅小說的新興魅力，不全在它的所謂「解剖刀」。

西方的文學，應該是早將小說詩化了，這與中國的小說與詩分離的傳統不同。但西方的早，早到什麼時候，怎樣個早法，我不知道，要請教專門研究的人。我只是覺得薄伽丘的《十日談》還是世俗小說，到塞萬提斯的《唐吉訶德》則有變化，好像《紅樓夢》的變化意義。當代的一些西方小說，則開始走出詩化。

五四引進西方的文學概念，尤其是西方浪漫主義的文學概念，中國的世俗小說當然是「毫無價值」了。

這也許是新文學延續至今總在貶斥同時期的世俗文學的一個潛在心理因

素吧？但新文學對中國文學的改變，影響了直到今天的中國小說，已經是存在。

比如現在中國讀書人爭論一篇小說是否「純」，潛意識裡「詩化」與否起著作用，當然「詩化」在變換，而「純」有什麼價值，就更見仁見智了。

64

由此看來，世俗小說被兩方面看不起，一是政治正確，「新中國」和「新文學」大致是這個方面，等同於道德文章。我們看鄭振鐸等先生寫的文學史，對當時世俗小說的指斥多是不關心國家大事，我以前每讀到這些話的時候，都感覺像小學老師對我的操行評語：不關心政治。

另一個方面是「純文學」，等同於詩。

中國有句話叫「姥姥不疼，舅舅不愛」，意思是你這個人沒有什麼混頭兒了。

這是一個母系社會遺留下來的意思，「姥姥」是母系社會的大家長，最高權威，「舅舅」則是母系社會裡地位最高的男人。這兩種人對你沒有好看法，你還有什麼地位，還有什麼好混的？

世俗小說既不表現出政治上的及時的正確，又少詩意，只是世俗需要的一種「常」，當然政治正確這個姥姥不疼，詩或純文學這個舅舅不愛了。

大陸四九年以後的革命現實主義與革命的浪漫主義相結合，還有一樣東西沒有寫在字面上，就是政治權力，所以實際是三結合。

五四的文學革命，公開或隱蔽，也就到了所謂建立新文學權威話語這個地步。當年文學研究會的沈雁冰編《小說月報》，常攻擊「禮拜六派」，後來書業公會開會，同業抗議，商務印書館只好將沈雁冰調去國文部，繼任的是鄭振鐸。繼續攻擊。

當國家權力掌握文學權威話語之後，後果你們都知道，不必我來囉嗦。

65

中國四十年來的封閉，當然使我這樣的人寡聞，自然也就孤陋。

記得是八四年底，忽然有一天翻上海的《收穫》雜誌，見到〈傾城之戀〉，讀後納悶了好幾天，心想上海真是藏龍臥虎之地，這「張愛玲」不知是躲在哪個里弄工廠的高手，偶然投的一篇就如此驚人。心下慚愧自己當年剛發了一篇小說，這張愛玲不知如何冷笑呢。

於是到處打聽這張愛玲，卻沒有人知道，看過的人又都說〈傾城之戀〉沒有什麼嘛，我知道話不投機，只好繼續納悶下去。幸虧不久又見到柯靈先生對張愛玲的介紹，才明白過來。

《圍城》也是從海外推進來，看後令人點頭，再也想不到錢鍾書先生是寫過小說的，他筆下的世俗情態，輕輕一點即著骨肉。我在美國或歐洲，到處碰到《圍城》裡的晚輩，苦笑裡倒還親切。

以張愛玲、錢鍾書的例子看，近代白話文到他們手裡才是弓馬嫻熟了，我本來應該找齊這條線，沒有條件，只好盡自己的能力到處剔牙縫。

實在說，當代的大陸，拔除得哪裡還有牙？

還有一個例子是沈從文先生，我在八〇年代以前，不知道他是小說家，不但幾本文學史不提，舊書攤上亦未見過他的書。後來風從海外颳來，借到一本，躲在家裡看完，只有一個感覺：相見恨晚。

我讀史，有個最基本的願望，就是希望知道前人做過什麼了。如果實際上有，而「史」不講，談何「歷」呢？

我開始寫小說的時候，正是中國大陸的無產階級文化大革命，恰是個沒有出版的時期，所以難於形成「讀者」觀念，至今受其所「誤」，讀者總是團霧。

但寫的時候，還是有讀者的，一是自己，二是一個比我高明的人，實際上就是自己的鑑賞力，謹慎刪削，恐怕他看穿。

我之敢發表小說，實在因為當時環境的孤陋，沒見過虎的中年之牛亦是不怕虎的，倒還不是什麼「找到自己」。

66

中國大陸八〇年代開始有世俗之眼的作品，是汪曾祺先生的〈受戒〉。

我因為七九年才從鄉下山溝裡回到北京，忙於生計，無暇他顧，所以對七六年後的「傷痕文學」不熟悉。有一天在朋友處翻撿舊雜誌，我從小就好像總在翻舊書頁，忽然翻到八〇年一本雜誌上的〈受戒〉，看後感覺如玉，心想這姓汪的好像是個坐飛船出去又回來的早年兄弟，不然怎麼會只有世俗之眼而沒有「工農兵」氣？

〈受戒〉沒有得到什麼評論，是正常的，它是個「怪物」。

當時響徹大街小巷的鄧麗君，反對的不少，聽的卻越來越多。鄧麗君是什麼？就是大陸久違了的世俗之音嘛，久旱逢霖，這霖原本就有，只是久違了，忽自海外飄至，路邊的野花可以採。

海外飄至的另一個例子是瓊瑤，瓊瑤是什麼？就是久違了的「鴛鴦蝴蝶派」之一種。三毛亦是。之後飄來的越來越多，頭等的是武俠。

67

〈受戒〉之後是陝西賈平凹由〈商州初錄〉開始的「商州系列」散文。平凹出身陝南鄉村，東西寫出來卻沒有工農兵文學氣，可見出身並不會帶來工農兵文學，另外的例子是莫言。

平凹的作品一直到《太白》、《浮躁》，都是世俗小說。《太白》裡拾回了世俗稱為野狐禪的東西，《浮躁》是世俗開始有了自為空間之後的生動，不知平凹為什麼倒惘然了。

平凹的文化功底在鄉村世俗，他的近作《廢都》，顯然是要進入城市世俗，不料卻上了大陸的城市也是農村這個當。

一九四九年以後，大陸的城市逐漸農村化，以上海最為明顯。上海所有的城市外觀，都是在四九年時類似電影的停格，凝固在那裡，逐漸腐蝕成一個大村鎮的樣子。

我去看上海，好像在看恐龍的骨骼，這些年不斷有新樓出現，令人有怪異感，好像化石骨骼裡長出鮮骨刺，將來骨刺密集，也許就是上海以後的樣子。

北京也不可能例外，你想毛澤東晚年指揮禁衛軍在中南海種麥子，說養花養草，當然也就包括養貓養狗養鳥養金魚是地主資產階級生活情調。

《廢都》裡有莊之蝶的菜肉採買單，沒有往昔城裡小康人家的精緻講究，卻像野戰部隊伙食班的軍需。明清以來，類似省府裡莊之蝶這樣的大文人，是不吃牛羊豬肉的，最低的講究，是內臟的精緻烹調。共和國之後的文化，基本是向軍旅的文化構成看齊，文人文化在消滅之列。

因此我想這《廢都》，並非是評家評為的「頹廢之都」，平凹的意思應該是殘廢之都。粗陋何來頹廢？沮喪罷了。

中文裡的頹廢，是先要有物質、文化的底子的，在這底子上沉溺，養成敏感乃至大廢不起，精緻到欲語無言，賞心悅目把玩終日卻涕泗忽至，《紅樓夢》的頹廢就是由此發展起來的，最後是「落了個白茫茫大地真乾淨」，可見原來並非是白茫茫大地。

你們不妨再去讀《紅樓夢》的物質細節與情感細節，也可以去讀張愛玲小說中的這些細節，或者讀朱天文的《世紀末的華麗》，當會明白我說的意思。

大陸的粗陋枯瘦，拿什麼來頹廢？頹廢什麼？政治失意，又少自為餘地，失望銜怨罷了。大陸有的是「白茫茫大地」無物可頹的無可作為，譬如地球上的林木消失，水質敗壞，空氣污染，食物鏈中斷，瘟疫橫行，人類尚無移民其他星球的能力，只好等死。

我讀《廢都》，覺到的都是飢渴，例如性的飢渴。為何會飢渴？因為不足。這倒要借《肉蒲團》說一說，《肉蒲團》是寫性豐盛之後的頹廢，而且限制在純物質的意義上，小說主角未央生並非想物質精神兼得，這一點倒是晚明人的聰明處，也是我們後人常常要誤會的地方。所以我們今天摹寫無論《金瓶梅詞話》還是《肉蒲團》，要反用「飽漢子不知餓漢子飢」為「飢漢子不知飽漢子飽」來提醒自己。

漢語裡是東漢時就開始出現「頹廢」這個詞了，我懷疑與當時佛學初入中土有關。漢語裡「頹廢」與「頹喪」、「頹唐」、「頹靡」、「頹放」，意義都不同，我們要仔細辨別。

順便提一下的是，《廢都》裡常寫到「嘯」，這嘯是失傳了又沒有失傳。嘯不是我們現在看到的對著牆根兒遛嗓子，嘯與聲帶無關，是口哨。我們看南京西善橋太崗寺南朝墓出土的「竹林七賢」的磚畫，這畫的印刷品到處可見，其中阮籍嘟著嘴，右手靠近嘴邊做調撥，就是在嘯。記載上說阮籍的歌嘯「於琴聲相諧」，歌嘯就是以口哨吹旋律。北宋儒將岳飛填詞的〈滿江紅〉，其中的「仰天長嘯」，就是抬頭對天吹口哨，我這樣一說，你們可能會覺得岳武穆不嚴肅，像個阿飛。後來常說的翦徑強盜「嘯聚山林」，其中的嘯也是口哨，類似現在看體育比賽時觀眾的口哨，而不是喊，只不過這類嘯沒有旋律。

68

天津的馮驥才自《神鞭》以後，另有一番世俗樣貌，我得其貌在「侃」。天津人的骨子裡有股「純侃」精神，沒有四川人擺「龍門陣」的妖狂，也沒有北京人的老子天下第一。北京是賣烤白薯的都會言說政治局人事變遷，天津是調侃自己，應對神速，幽默嫵媚，像蚌生的珠而不必圓形，質好多變。

侃功甚難，難在五穀雜糧都要會種會收，常常比只經營大田要聰要明。天津一地的聰明圓轉，因為在北京這個「天子」腳邊，埋沒太久了。

天津比之上海，百多年來亦是有租界歷史的，世俗間卻並不媚洋，原因我不知道，要由天津人來說。

我之所以提到天津，亦是有我長期的一個心結。近年所提的暴力語言，在文學上普通話算一個。普通話是最死板的一種語言，做為通行各地的官方文件，使用普通話無可非議，用到文學上，則像魯迅說的「濕背心」，穿上還不如不穿上，可是規定要穿。

若詳查北京作家的文字，除了文藝腔的不算，多是北京方言，而不是普通話。但北京話太接近普通話，俗語而在首善之區，所以得以滑脫普通話的規定限制，其他省的方言就沒有佔到便宜。

以生動來講，方言永遠優於普通話，但普通話處於權力地位，對以方言為第一語言的作家來說，普通話有暴力感。大陸的電影，亦是規定用普通話，現在的領袖傳記片，毛澤東說湖南話，同是湖南人的劉少奇卻講普通話，令人一愣，覺得劉少奇沒有權力。

由於北京的政治地位，又由於北京方言混淆於普通話，所以北京方言已經成了次暴力語言，北京人也多有令人討厭的大北京主義，這在大陸的世俗生活中很容易感到。我從鄉下回到北京，對這一點特別觸目驚心。馮驥才小說的世俗語言，因為是天津方言，所以生動出另外的樣貌，又因為屬北方方言，雖是天子腳邊作亂，天子倒麻痺了，其他省的作家，就沾不了多少這種便宜。

而且，大陸各省的黨政軍子弟，都以一口普通話以示權力背景。

69

後來有「尋根文學」，我常常被歸到這一類或者忽然又被撥開，描得我一副踉踉蹌蹌的樣子。

小說很怕有「腔」，「尋根文學」討厭在有股「尋根」腔。真要尋根，應該是學術的本分，小說的基本要素是想像力，哪裡耐煩尋根的束縛？

以前說「文以載道」，這個「道」是由「文章」來載的，小說不載。小說若載道，何至於在古代叫人目為閑書？古典小說裡至多有個「勸」，勸過了，該講什麼講什麼。

梁啟超將「小說」當「文」來用，此例一開，「道」就一路載下來，小說一直被壓得半蹲著，蹲久了居然也就習慣了。

「尋根文學」的命名，我想是批評者的分類習慣。跟隨的，大部分是生意眼。

但是「尋根文學」有一點非常值得注意，就是其中開始要求不同的文化構成。「傷痕文學」與「工農兵文學」的文化構成是一致的，傷是自己身上的傷，好了還是原來那個身，再傷仍舊是原來那個身上的傷，如此循環往復。「尋根」則是開始有改變自身的欲望。

文化構成對文學家是一個非常重要的事。

70

不過「尋根文學」卻撞開了一扇門，就是世俗之門。

這扇門本來是〈受戒〉悄悄打開的，可是魔術般地任誰也不認為那是門。直要到一場運動，也就是「尋根文學」，才從催眠躺椅上坐起來，慌慌張張跑出去。習慣運動的地區，還得先靠運動。

自此一發不可收拾。雖然還有工農兵文藝腔的「改革文學」等等，世俗之氣卻漫延開了，八九年前評家定義的大陸「新寫實文學」，看來看去就是漸成氣候的世俗小說景觀。

像河南劉震雲的小說，散寫官場，卻大異於清末的《官場現形記》，沙漏一般的小世小俗透透道來，機關妙遞，只是早期《塔鋪》裡的草莽元氣失了，有點少年老成。

湖南何立偉是最早在小說中有詩的自覺的。山西李銳、北京劉恆則是北方世俗的悲情詩人。

南京葉兆言早在《懸掛的綠蘋果》時就弓馬嫻熟。江蘇范小青等一派人馬，隱顯出傳統中小說一直是江南人做得有滋有味，直至上海的須蘭，都是筆下世俗漸漸滋潤，濃妝淡抹開始相宜。又直要到北京王朔，火爆得沾邪氣。

王朔有一點與眾不同，不同在他居然挑戰。我前面說過，世俗小說從來沒有挑戰姿態，不寫文學史為自己立言，向世俗文學挑戰的一直是新文學，而且追到家門口，從旁看來，有一股「階級鬥爭」腔。

有朋友說給我，王朔曾放狂話：將來寫的，搞好了是《飄》，一不留神就是《紅樓夢》。我看這是實話，《飄》是什麼？就是美國家喻戶曉的世俗小說。《紅樓夢》我前面說過了，不知道王朔有無詩才，有的話，不妨等著看。

王朔有一篇〈動物兇猛〉，我看是中國大陸文學中第一篇純粹的青春小說。青春小說和電影在大陸以外是一個很強的類，但在大陸要發芽，空氣的溫度濕度都不正常。我曾巴望過大陸「第五代導演」開始拍「青春片」，因為他們有機會看到世界各國的影片，等了許久，只有一部《我的同學們》算是張望了一下。看來「第五代」真的是缺青春，八〇年代初大陸有過一個口號叫「討回青春」，青春怎麼能討回呢？過去了就是過去了。一把年紀時討回青春，開始撒嬌，不成妖精了？

上海王安憶的〈小鮑莊〉，帶尋根腔，那個時期不沾尋根腔也難。到〈小城之戀〉，是有了平實之眼的由青春湧動到花開花落，〈米尼〉則是流動張致的「惡之華」。

包括「三戀」與〈崗上的世紀〉，王安憶是大陸四九年以後第一個將肉欲之愛寫得如此誠懇的人，自然不會沾黏意識形態的老套，我當年看的時候，真是心中舒了一口氣，同情而且歡喜。

不到十年，平凹的《廢都》也開始寫肉欲之愛，雖然不自覺地雜有傳統中男性的狹邪，不過到底也算是一種開始。

王安憶後來的《逐鹿中街》是世俗的洋蔥頭，一層層剝，剝到後來，什麼都有，什麼都沒有，正在恨處妙處。王安憶的天資實在好，而且她是一個少有的由初創到成熟有跡可尋的作家。

南京蘇童在〈妻妾成群〉之前，是詩大於文，以〈狂奔〉結尾的那條白色孝帶為我最欣賞的意象。這正是在我看來大陸「先鋒小說」多數在走的道路，努力擺脫歐洲十八世紀末的浪漫餘韻，接近二十世紀艾略特以後的距離意識。

當然這樣粗描道不盡微意，比如若以不能大於浪漫的狀態寫浪漫，是浪漫不起來的，又比如醋是要正經糧食來做，不可讓壞了的酒酸成醋。總之若市上隨手可買到世界各類「精華糟粕」只做閑書讀，則許多論辯自然就羞於「為賦新詞強說愁」了。

蘇童以後的小說，像《婦女生活》、《紅粉》、《米》等等，則轉向世俗，有了以前的底子，質地綿密通透，光感適宜，再走下去難免成精入化境。

71

我讀小說，最忧「腔」，古人說「文章爭一起」，這「一起」若是個「腔」，不爭也罷。

你們要是問我的東西有沒有「腔」，有的，我對「腔」又這麼敏感，真是難做小說了。一個寫家的「風格」，仿家一擁而仿，將之化解為「腔」，拉倒。

我好讀閑書和閑讀書，可現在有不少「閑書腔」和「閑讀腔」，搞得人閑也不是，不閑也不是，只好空坐抽菸。

又比如小說變得不太像小說，是當今不少作家的一種自覺，只是很快就出來了「不像小說」腔。

木心先生有妙語：先是有文藝，後來有了文藝腔，後來文藝沒有了，只剩下腔，再後來腔也沒有了，文藝是早就沒有了。

72

抱歉的是，對臺灣香港的小說我不熟悉，因此我在這裡講中國小說的資格是很可懷疑的。

在美國一本中文小說總要賣到十美金以上，有一次我在一家中文書店看到李昂的《迷園》，二十幾美金，李昂我認識的，並且幫助過我，於是拿她的書在手上讀。背後的老闆娘不久即對別人說，大陸來的人最討厭，買嘛買不起，都是站著看，而且特別愛看「那種」的。這老闆娘真算得明眼人，而且說得一點兒不差。店裡只有三個人，我只好放下《迷園》，真是服氣這世俗的透闢。這老闆娘一身上下剪裁合適，氣色靈動，只是眼線描得稍重了。

不過我手上倒有幾本朋友送的書，像朱天文、朱天心、張大春等等的小說，看過朱天文七九年的《淡江記》並一直到後來的《世紀末的華麗》，大驚，沒有話說，只好想我七九年在雲南讀些什麼鬼東西。

我自與外界接觸，常常要比較年月日，總免不了觸目驚心，以至現在有些麻木了。依我的感覺，大體上臺灣香港的文學自覺，在時間上早於大陸不只五年。你們若問我這是怎麼個比較法，又不是科學技術體育比賽，我不知道，不過倒想問問大陸近年怎麼會評出來一級作家二級作家，而且還印在名片上到處遞人，連古人都不如了。

你們在座當中大陸來的人聽了也不必負氣，靜下心來想想，七九年大陸世俗凋敝，全民忙於平反，文學還自覺在「工具」這一點上。意氣之爭於鑑賞力無補。不過在藝術上負氣使性倒也罷了，蔓延到另外的地方，就是麻煩。

我向來煩「中學生作文選」，記得高一時老師問全班若寫一座樓當如何下筆，兩三個人之後叫起我來，我說從樓頂寫吧。不料老師聞言大怒，說其他同學都從一樓開始寫，先打好基礎，是正確的寫法，你從樓頂開始，豈不是空中樓閣！

我那時還不懂得領異標新，只是覺得無可無不可。後來在香港看一座樓從頂建起，很高興地瞧了一個鐘頭。

平心而論，七九年時大陸的大部分小說，還是中學生作文選的範文，我因為對這類範文的味道熟到不必用力聞，所以敢出此言。而且當時從域外重新傳進來的例如「意識流」等等，也都迅速中學生文藝腔化，倒使我不敢小看這工農兵文學預備隊的改造能力。

另外，若七九年的起點就很高，何至於之後大陸評家認為中國文學在觀念上一年數翻，而現在是數年一翻呢？

電影亦是如此，八三年臺灣侯孝賢拍了《風櫃來的人》，十年後才有大陸甯瀛的《找樂》的對世俗狀態的把握。

73

既然說到世俗，則我這樣指名道姓，與中國世俗慣例終究不合，那麼講我自己吧。

我的小說從八四年發表後，有些反響，但都於我的感覺不楔膩，就在於我發表過的小說回返了一些「世俗」樣貌，因為沒有「工農兵」氣，大家覺得新，於是覺得好，我在一開始的時候說過了，中國從近代開始，「新」的意思等於「好」，其實可能是「舊」味兒重聞，久違了才誤會了。

從世俗小說的樣貌來說，比如〈棋王〉裡有「英雄傳奇」、「現實演義」，「言情」因為較隱晦，評家們對世俗不熟悉，所以至今還沒解讀出來，大概總要二三十年吧。不少人的評論裡都提到〈棋王〉裡的「吃」，幾乎叫他們看出「世俗」平實本義，只是被自己用慣的大話引開了。

語言樣貌無非是「話本」變奏，細節過程與轉接暗取《老殘遊記》和《儒林外史》，意象取《史記》和張岱的一些筆記吧，因為我很著迷太史公與張岱之間的一些意象相通點。

再有的不在這裡說了，比如〈孩子王〉裡教書人面軟裡硬的不合作，無非是與後來被定義的「暴力語言」唱點個人對臺戲，總之這是另外的話題。

王德威先生有過一篇〈用〈棋王〉測量〈水溝〉的深度〉，〈如何測量水溝的寬度〉是臺灣黃凡先生的小說，寫得好。王德威先生亦是好評家，他評我的小說只是一種傳統的延續，沒有小說自身的深度，我認為這看法是懇切的。

你們只要想想我寫了小說十年後才得見張愛玲、沈從文、汪曾祺、錢鍾書等等就不難體會了。

74

我的許多朋友常說，以中國大陸無產階級文化大革命的酷烈，大作家大作品當會出現在上山下鄉這一代。

我想這是一種誤解，因為無產階級文化大革命的文化本質是狹窄與無知，反對它的人很容易被它的本質限制，而在意識上變得與它一樣高矮肥瘦，當然這矮瘦還有四九年一路下來的文化貧瘠的原因。

文學的變化，並不相對於政治的變化，五四新文學的倡導者，來不及有這種自覺，所以我這個晚輩對他們的尊重，在於他們的不自覺處。

近年來有一本《曼哈頓的中國女人》很引起轟動，我的朋友們看後都不以為然。我讀了之後，倒認為是一部值得留的材料。這書裡有一種歪打正著的真實，作者將四九年以後中國大陸文化構成的皮毛混雜寫出來了，由新文學引進的一點歐洲浪漫遺緒，一點俄國文藝，一點蘇聯文藝，一點工農兵文藝，近年的一點半商業文化和世俗虛榮，等等等等。狹窄得奇奇怪怪支離破碎卻又都派上了用場，道出了五〇年代就寫東西的一代和當年上山下鄉一代的文化樣貌，而我的這些同代人常常出口就是個「大」字，「大」自哪裡來？

《曼哈頓的中國女人》可算得是難得的野史，補寫了大陸新中國文化構成的真實，算得老實，不妨放在工具書類裡，隨時翻查。經歷過的真實，迴避算不得好漢。

上山下鄉這一代容易籠罩在「秀才落難」這種類似一棵草的陰影裡。「苦難」這種東西不一定是個寶，常常會把人卡進狹縫兒裡去。

75

又不妨說，近年評家說先鋒小說顛覆了大陸的權威話語，可是顛覆那麼枯瘦的話語的結果，搞不好也是枯瘦，就好比顛覆中學生範文會怎麼樣呢？而且，「顛覆」這個詞，我的感覺是還在無產階級文化大革命「造反有理」的陰影下。

若說有顛覆，我體會大陸的大部分先鋒小說對「工農兵文學」的顛覆處，在於其陰毒氣。「禮下庶人」的結果，造成中國世俗間陰毒心理的無可疏理。五四新文學揭露禮教殺人，我們看魯迅的〈狂人日記〉及《吶喊》裡其他諸篇，正是有這種陰毒力度的。從這一點來說，大陸當代先鋒文學是繼承五四新文學的最初的力度的。例如不少人對殘雪自稱是魯迅之後的唯一者不以為然，從陰毒說，不妨以為然。

「工農兵文學」有一種假陽剛，影響到八〇年代的大陸電影雖然要擺脫「工農兵電影」，但常常變成灑狗血，脫不出假陽剛的陰影。

顧城和謝燁自德國過洛杉磯回紐西蘭，與之夜談，不知怎麼我就聊到中國大陸人的「毒面孔」，還扮了個眼鏡蛇的相，謝燁神色觸動隨即掩飾過去。顧城隨後的殺謝燁，他性格雖不屬強悍，卻算得是搶先一步的毒手。顧城原來在我家隔壁的合作社做木匠，長年使斧。

我總覺得人生需要藝術，世俗亦是如此，只是人生最好少模倣藝術。不過人有想像力，會移情，所以將藝術移情於人生總是免不了的。

我現在說到五四，當然明白它已經是我們自身的一部分了，已經成為當今思維的豐富材料之一，可是講起來，不免簡單，也是我自己的一種狹隘，不妨給你們拿去做個例子吧。

76

八九年之後，中國大陸小說樣貌基本轉入世俗化，不少人為之痛心疾首，感覺不出這正是大陸小說生態可能恢復正常的開始，一種自為的小眾小說也許會隨之形成。

這當然要拜掃除世俗自為的壓力開始鬆動，於是世俗抬頭之賜。我總是覺得，現在的中國大陸，剛從心絞痛裡緩過一口氣來。

說到世俗，尤其是說到中國世俗，說到小說，尤其是說到中國小說，我的感覺是，談到它們，就像一個四歲的孩子，一手牽著爹一手牽著娘在街上走，真個是爹也高來娘也高。

我現在與你們談，是我看爹和看娘，至於你們要爹怎麼樣，要娘怎麼樣，我不知道。

爹娘的心思，他們的世界，小孩子有的時候會覺出來，但大部分時間裡，小孩子是在自言自語。我呢，無非是在自言自語吧。

我常常覺得所謂歷史，是一種設身處地，感同身受。我的身就是這樣一種身，感當然是我的主觀，與現實也許相差十萬八千里。

你們也許看得出來我在這裡講世俗與小說，用的是歸納法，不順我的講法的材料，就不去說。

我當然也常講雅的，三五知己而已，亦是用歸納，興之所至罷了。

歸納與統計是不同方法。統計重客觀，對材料一視同仁，比較嚴格；歸納重主觀，依主觀對材料有取捨，或由於材料的限制而產生主觀。

你們若去讀「鴛鴦蝴蝶派」，或去翻檢大陸的書攤，有所鄙棄，又或痛感世風日下，我亦不怪，因為我在這裡到底只是歸納。

77

科學上說人所謂的「客觀」，是以人的感覺形式而存在。譬如地球磁場，我們是由看到磁針的方向而知道它的存在；迴旋加速器裡的微觀，射電天文望遠鏡裡的遙遠，也要轉成我們的感覺形式，即是將它們轉成看得到的相，我們才開始知道有這些「客觀」存在。不明飛行物，UFO，也是被描述為我們的感覺形式。

不轉成人的感覺形式的一切，對於人來說，是不「存在」的。

所謂文學「想像」，無非是現有的感覺形式的不同的關係組合。

我從想通這個意思以後，就閉上了自己的鳥嘴，閉了足有二十多年，現在來說的無非是我的感覺形式中的中國世俗與中國小說，嘴既閉久了，開口不免有些臭。

又，我從小總聽到一句話，叫做「真理越辯越明」，其實既然是真理，何需辯？在那裡就是了。況且真理面對的，常常也是真理。

當然還是愛因斯坦說得誠懇：真理是可能的。我們引進西方的「賽先生」上百年，這個意思被中國人自己推開的門壓扁在外面的牆上了。

這樣一來，也就不必辯論我講的是不是真理，無非你們再講你們的「可能」就是了。我自己就常常用三五種可能來看世界，包括看我自己。

謝謝諸位的好意與耐心。

二十五週年新版附錄

中國世俗與中國文學[1]

——再談《閑話閑說》

二十多年前有一個小冊子叫《閑話閑說》，講的是中國世俗和中國小說。那本書是臺灣《時報》出版社的經理跟我說約一本書，我就把歷次關於該話題的講演集合在一塊兒，反映了上個世紀九十年代初聽眾的水平。外面的人比較直接，經常會問，比如對賈平凹的小說怎麼看，也問了關於莫言的

1 本文為作者二〇一六年九月二十八日在中國人民大學所作題為「中國世俗與中國文學」的講座紀錄，由黃平麗女士根據現場文字整理。

小說，所以才有這部分的集合，專門說當代作家。後來我才知道這很犯忌，不可以這樣指名道姓地說。當然產生了惡果，這個惡果我承擔了。我對賈平凹先生很尊敬，但提問裡具體回答，就針對該問題，不夠全面。回到國內時，他們就說你不可以這麼說，要繞點彎子，直接說的話銷售會受影響。所以以後這個問題我不太回答。

當時大家和海外比較關心的是中國的先鋒小說，先鋒小說在那個時代勢頭很旺，我根據這個勢頭做了稍微的調整，就講講世俗，不講先鋒，因為先鋒牽扯到現代性的問題。中國不是沒有顛覆繼承的系統或者顛覆主流說法、主流思想，比如明朝李贄寫的《焚書》，《焚書》都是顛覆性的事。李贄死在北京，墓在通州，通州現在是北京的副中心，大家有興趣可以去看看李贄的墓，以免拆遷的時候把墓拆了。李贄對當時主流東西的顛覆性很大。

現在說的先鋒小說，實際上是西方概念。為什麼從西方來？因為那時候的西方已經完成現代化，走進後現代了。「現代」和「後現代」的概念，如果大家不是很清楚，或者沒有一個大致判斷，會影響我們的理解。實際而言，現代性是針對歐洲一直以來的專制，將其顛覆掉，英國在這方面的經驗比較成熟。我個人覺得英國對中國的啟發是最大的，或者最值得我們去研究。為什麼？因為英國也是一個帝制傳統、皇帝傳統。

中國皇帝的潛意識一直沒有消退。我記得一九八〇年我從雲南回來，正趕上改革開放，那時候有些人倒牛仔褲。牛仔褲本來是工人穿的，比較結實，後來變成高級消費品。賣牛仔褲的人給我一個名片，說以後你要買或者朋友要買，給我打電話。我看這個名片上寫的是「總裁」。我說你手下有幾個人？他說就一個人。我說那怎麼叫總裁？他說自己管自己就行了。很多這樣的人拿出「總經理」、「總裁」等名片，都是最大的。這其實是皇帝思想的投射，一旦有機會就要過一下癮。現在則有些換成「大師」，比如我在大街上看到「皇家牛肉麵」，一個平民食品前面要加「皇家」。所以我們潛意識裡做皇帝這件事的權威一直都在，而現代性首先顛覆的是這個。

第一次顛覆的是君主立憲派，現在英國女王是象徵性的，整個國家的運轉靠議會和政府總理大臣。另外一個是日本和歐洲的君主立憲。這個是怎麼完成的？其實是現代性完成的，把絕對權威顛覆了，顛覆後才有可能有現代。一戰的時候有些權威沒有顛覆，但立憲這件事情比較普遍，或者民主政府已經基本實現了。但為什麼會發生一戰？歐洲知識分子認為歐洲是文明的，就怎麼會發生一戰進行了深刻反省，反省一戰的積極成果是現代性要繼續走下去，沒有什麼可猶豫的。但接著發生二戰，二戰的希特勒是選上來的，他做了一次集權、專制，知識分子又反省：為什麼現代性建立之後還會發生這樣的事情？二戰之後，關於現代性的問題基本固定，政治上的權威要被顛覆。

與之相應的是什麼？以小說為例，或者擴大到藝術時，什麼叫現代藝術？現代藝術首先是不承認一個繼承的、已經存在的系統。因此先鋒（Avant-garde），其實是偵察連的意思，首先突破，後面的才跟上。所以先鋒是關於顛覆主流話語。如果文學有一個主流話語要去顛覆，繪畫上有一個主流話語要去顛覆，音樂上有一個主流的話要去顛覆，這裡面其實非常清楚，比如對於古典音樂的顛覆。在繪畫上，為什麼杜尚的小便池很重要？從小便池之後，大家對繪畫有點莫名其妙，說這個是畫嗎？——不，顛覆的就是這個概念。「這個是畫嗎？」——作品的概念轉化了，藝術的概念也轉化了。

其實這些東西對五四新文化運動有影響。五四倡導的問題是現代性，但中國的現代性一直沒有解決。儘管現在大家穿的、吃的、用的，好像跟現代國家沒有什麼區別，但是在顛覆性上面，在藝術的顛覆上，我們基本上是前現代。如果我們對自己、對現代藝術有一個比較清楚的認識時，會比較踏實一點。比如余華，當時說是先鋒作家，但是我看不太像，我覺得王朔是。因為余華是另開一桌，系統語言是一桌，我另開一桌，開了這個小桌，但那個大桌還在正常吃，這個不叫顛覆。王朔的語言是大桌語言，但是大家吃菜時覺得「味道不對，是不是壞了？」這才是顛覆，原來的意義被顛覆了。所以我認為中國的現代小說家或者先鋒小說家是王朔，這個顛覆性非常大。後來有不少的播音員使用王朔的語法。大家對毛語言的東西一聽就笑，這是王朔造成的。九十年代這麼多先鋒作家沒有完成這件事，他們在主流的大桌上開了一個先鋒的小桌，大桌沒有被黜。

七八十年代和九十年代文學上不斷有這麼大動靜，一個原因是那個時候社會沒有現在豐富，所以文學承擔了非常多的任務，比如新聞的，比如評論的。到了九十年代末期至本世紀時，國家比以前開放得多，這時候文學就不承擔那麼多任務了，所以相對地回到它本分的地方。回到本分時，大家的注意力不在上面，有那麼多的東西，要發表自己的看法，不必借助文學——微信都能提供這個場所——所以文學這部分也不承擔。慢慢這個文學回來了，文學到底承擔著什麼，這個問題現在討論比較有意義，否則之前會跟其他很多意義勾結在一起，談不清。

今天在人大這裡重提二十年前的《閑話閑說》，更多是將文明和文化做一些聯繫。也就是說中國人的基本文明和文化狀態沒有我們想像的這麼糟糕。現在當然有很多人憂心忡忡，其實這麼多人憂心忡忡正好證明這個社會沒有崩潰，如果都不憂心忡忡，那麼這個社會已經崩潰了，不需要再操心了。憂心忡忡這個東西是我們的文脈，該文脈是由原始儒家傳下來的，也就是孔子傳下來的。雅斯貝爾斯說過，公元前八百到兩百年時世界大文明不約而同產生一些覺醒者。就東方來說，孔子是一個。雅斯貝爾斯所說的覺醒者面對的是什麼？面對的是巫教社會，巫教社會只有集體無意識和集體潛意識，沒有個人思維。沒有個人思維才決定了古代思人著述，自己但凡有點想法時就要跟人家不斷地說說，有機會就會有著述，但古代思人著述描述的正好是巫教社會的集體意識。孔子有個人意識和思維，很有名的是「子不語怪力亂神」，這四樣（怪力亂神）就是巫教的本質。因為處在一個巫教的社會，這個社會正好是中國的禮慢慢轉變的時代，孔子轉得快，不談巫教的東西，把巫教的東西具體化了。我們看到老子講「道」，講這個講那個，不講神也不講怪，所以老子也是「不語怪力亂神」。因此這兩個人都是軸心時期的代表人物、覺醒人物。看《論語》時，孔子碰到人，說你的樣子長得很像喪家犬，或者你是「知其不可而為之」的人，這些人都有自己的思想。從這些記述來看，那時候有一批人處於覺醒狀態，對於集體無意識的東西已經突破了，開始有個人、個性的思維。

為什麼有這樣的東西？和中國文明發生的關係在哪兒？中國人很早開始叫自耕農。自耕農，我們老覺得好像都是農場、都在一起幹活，不是的。以前有井田制——勞作、農作的井田制，什麼是井田？為什麼要劃分成這樣的？「井」字其他的這幾塊是私田，這些私田是自耕農，但他們要耕種當中的這塊公田。對此，《詩經》裡明確說，公田那兒下雨了（「雨我公田」），「遂及我私」，表達清楚。公田是用於公共事務、往上交稅。所以我們基本上是一個自耕農社會。自耕農曾經在巫教時代就存在，在孔子的時代（公元前五百年）覺悟了——他有自己的土地，這個土地可以買賣。他發現有自己的財產，這個財產不可侵犯時，就會有「我」的概念，沒有「我」的概念，則社會不可能進步。「我」這個概念，有人說是很自私的一種東西，沒有「公」的概念。不是，人家有公田，有公有私時，這個區別已經出現了。

巴金抨擊舊式家庭、舊式家族時，他應該明白宗祠的宗姓裡有公田的概念，我們都姓李，都來種豆，每家都有自己的田，但有一塊是公祠的田，種的這塊田交給祠堂，祠堂拿它來做社會保險。什麼叫社會保險？李姓的人得了大病，個人完全負擔不起，醫藥方面負擔不起，就從這裡面拿出來由大家評議給他補助，幫他度過難關。還有老爺子死掉了，寡母孤兒需要救助，也是從公田裡面資助。姓李的宗法圈子裡，有一個人特別聰明，念書不費力，這個族長就召集各家商議，說送李家的二小子去讀書，但是寡母拿不出錢來，就從宗祠裡拿出這部分錢，就去了清華、北大，然後去了美國讀博士，最後這個人一定會回來，因為他知道他怎麼上的學，是公田宗族養他的，因此他會回來，回來不一定報效祖國，但是報效宗祠。他的感恩非常具體，國家太大時，感恩不具體就這麼劃過去了。我們早期那麼多在外讀書的人會回來，與宗親制度有關係。抗戰的時候為什麼有那麼多人回來？也跟這個東西有關係。因此宗祠那時候代替的是社稷的概念。

我們現在在微信上、微博上討論各種各樣的話題，其實我們失去了一個詞——社稷。以前的人是「我愛社稷」。社稷是什麼意思？有祭祀，有這一片土地的糧食養活你，有神有土地，生你、養你的這一小塊土地叫社稷。「社稷」的概念現在基本上沒有了，有的是非常龐大的黨，沒有具體的「家鄉」。「家鄉」在以前就是我的社稷在那兒，宗祠每年過年祭祖宗事務非常具體，我知道這是我的地方，我是這裡的子孫，我姓這個姓，你說我愛這個、忠於這個，就找到了具體的連接。擴大的時候，就是儒家說的「天下」。愛一個東西要非常具體。反過來說，中國世俗充斥其間，這個世俗有效地抵抗了絕對權威，動力比較實在，宗祠文化現在基本沒有了，安徽老宅子是宗祠，是大家種公田一點一點蓋起來的，但是那個也被賣掉了，等於把祖宗也賣掉了。當時我寫文章用筆名，不能加「鍾」，我姓鍾，就把名拿出來，名是自己的，姓是傳下來的，我發表《棋王》，作者如果是「鍾阿城」的話，以前人們會說，因為你賣祖宗，出書會給你稿費，會賺錢，你加了「鍾」，所以要把祖宗這個名去掉。我個人為了謀個生路，發表作品，不能幹賣祖宗的事。這些都是一些不成文的規矩。

先秦到秦時，秦始皇還是秦的貴族，到了劉邦時，中國的文化或者中國文明有一個大的往下跌，跌什麼？——之前是貴族管理，孔子培養的是士，這些士一代一代傳下來，有些貴族會沒落，沒落到沒有飯吃，他教這些人服務當時的權貴。到了劉邦時，劉邦是個平民、平頭百姓，平頭百姓坐天下後對如何治理這個國家不太懂，因此我們在《史記》上看到很多儒生罵他、指點他的東西。從劉邦開始，我們徹底擺脫了英國那樣的貴族社會。以前的貴族社會是魯迅批判的遊戲態度，定規則，我把劍指在你胸前時你就輸了，不需要刺進去，你也不需要再拼命，你認輸了，這就是規矩。到了平民社會的時候，真的要紮進去，要把你幹掉才會贏。毛澤東說宋襄公是蠢豬式的貴族，打仗的時候，別人在河對面，謀士說他們要渡河了，趁現在攻擊，宋襄公說人家正準備要過河不能打，為什麼不能打？因為規矩上不能打。對方下河、渡了河的時候，謀士說趁現在，趕快。也不能打，這是規矩。上了岸，人家要重新編隊時也不能打。一到對方排隊了，這時候可以打了，一打打敗了。用現在的概念來說，當然會被打敗了。但規矩社會，有些東西是點到為止，有遊戲規矩。兩方打的歷史記載非常多，比如車戰，乙被打敗了，甲去追他的時候，乙的車輪子掉了，甲下車就幫他裝輪子，幫著他跑，乙能跑以後，甲繼續回到自己的戰車上追他。大家看這是遊戲，在遊戲規則裡，我認失敗，我認可你罰我。

但後來到劉邦的時候，中國人徹底不認可這個事。比如秦打敗一個國家的將領，就拿一個耳朵，回去報功。秦統一六國時必須砍下人的頭，但是那時回去祭祖、埋葬的時候要有頭。秦是虎狼之師，除了戰鬥力很強外，還有一點是砍對方的頭，被砍頭就完蛋了，回不了家鄉，子孫祭不了自己，於是敵人聞風而逃，趕快保住這個頭。「自」本來是「首」加一個「或」，原來是「耳」，後來改成「首」，這是因秦的行為而改成的。所以秦的統一是一個不講規矩的結果。到了劉邦的時候，真的是一點規矩都沒有了。如果說中國有一次大斷裂，那麼是從漢朝開始的，平民往上走的時候，拿什麼銜接或者建立什麼，從漢代我們可以看得很清楚，劉邦用他的家鄉祭祀代替國家祭祀。漢代的藝術非常明確的是這一點，即家鄉祭祀，當時認為東夷的東西擴大為國家祭祀，變成漢代祭祀，根本在這兒，所以跟先秦那些東西都不一樣了。

一路下來，「皇帝輪流坐，明年到我家」，和那個賣牛仔褲說「我是總裁」都是從劉邦這兒來的。劉邦做為一個平民上升到國家統治者，對小說有好處。為什麼？原來貴族吃什麼，咱們也得吃什麼，所以漢畫像上都是殺豬宰羊、宴飲。今天我得了權就吃，喜歡看雜技，列寧說過「雜技是最沒勁的」，那就是底層娛樂，而且喝著酒，這邊有很高的酒罈子，還有專門的吸管，這邊有耍球的、走繩索的，底層的東西上升到國家層面。五十年代，北京的京戲很有名，但比這個更厲害的是地方戲，如川音、川劇、安徽的戲、山西的戲在北京輪流不斷，為什麼？因為我們中央首長是地方上的，不太喜歡京劇，而喜歡地方戲。這很像漢代的一個景象。還有很多，比如孔子見老子，這是比較高級的話題。其他很多傳說，比如見西王母，這些原來都是底層的東西。底層裡的街談巷議資料我們不是太多，但是太史公寫《史記》搜集到那麼多東西，其實是街談巷議，他自己本身有國家圖書館，有系統性的材料，同時跑了很多地方，聽的大部分是街談巷議，再把街談巷議和國家系統聯繫起來，《史記》才會寫得那麼生動、那麼像小說。這些東西浮現起來，世俗小說就開始出現了，但沒有形成文字，就是街談巷議。

世俗一直是中國小說最堅實的支持力量，做現代小說對於這個主流究竟持顛覆態度，還是把它作為資源發掘的態度？我不知道大家怎麼看，我只是提醒。中國小說裡，世俗基礎非常雄厚。西班牙有一個《堂吉訶德》，我對西班牙不瞭解，這樣的小說跟世俗有沒有關係我不知道，但是我想起小時候（五六歲）家裡請的兩個阿姨，這兩個阿姨都是老北京，而且當時院子裡家家都有阿姨，她們上午做完早餐、打掃完房屋至中午飯前有很長一段閒時。做什麼？一個阿姨拿《紅樓夢》念，其他阿姨納鞋底、打補丁，聽她念，該笑的地方都笑。後來我發現她們笑的地方對於文學評論家來說是「這有什麼可笑的」。這就是區別。當時沒有記錄材料，沒有錄音機，也沒有攝像機，如果那個東西記錄下來會很有意思，如果有這個材料，我就提供給文學評論家，比如搞紅學的——你知道她為什麼在這兒笑嗎？其實跟世俗的人情世故特別契合的地方，她們就笑了。但是我那麼小就記得她們說：「誰家敢娶林妹妹？這麼刁的一個人，使性子，不能娶這樣的，跟婆婆的關係一定處理不好。」這一層的評論很有意思，這就是世俗評論。

以前西單、東單有說書的。現在有很多說書的錄音，大家會聽，以前宣武門外有小說書館，靠說書掙錢的人，跟當時說的一個人念、別人聽、議論有什麼區別？說書人一邊講一邊評，全由他一個人承擔，說書絕對不能少了評，如果只說書不評的話就沒人聽。因為這個故事大家已經很熟悉了，就是要聽你怎麼評，你評得不好，調侃得不好，揶揄得不好，沒人聽你的。原來揚州有一個說書人叫王少堂，一個商人去聽他說書，聽到武松到獅子樓找西門慶。但不能繼續聽下去，生意不能耽誤了，就走了，他聽到武松從樓上往下走，忽然白光一閃，武松怎麼樣，就說下回再講。商人聽到這兒就走了。做了一個月生意回到揚州時，不知道講到哪裡，去了以後發現武松還沒有下樓。這是世俗，世俗不是不要批評，世俗最重視批評，但這個批評拖了武松的後腿，不斷地有評，評佔了三分之二，所以武松這個樓下得非常慢。我小時候看他講的武松，這本書很厚，大家有興趣的話可以看一看。講武松一腳把門踹開，這個講了很久。還有講老鷹怎麼抓兔，兔怎麼仰身一躺，把鷹給躲開了，說武松怎麼學的，估計這個也得講一個月。這樣的東西，如果我們不把它當資源看就浪費了，世俗裡的這些資源，如果我們看成舊的東西，看成低俗的東西，資源就利用不上。八十年代先鋒小說不認為這是資源，反而認為《百年孤獨》是資源。《百年孤獨》可不可以是資源？可以是資源，莫言做得好的地方是兩頭取資源，一頭是馬奎斯魔幻現實主義，一頭是家鄉資源，把這兩個用起來，就比不會用本土資源的人要好得多，自己也覺得要好得多。

我不知道講什麼，跟認識的人可以掏心窩子，今天這麼多人我怎麼掏心窩子。光這麼講，越講越覺得恐懼。所以現在跟大家交流。

提問與回答

提問一：您寫「三王」時，有沒有意識到世俗資源是可以拿來用的？

我覺得讀「三王」，民粹色彩比較濃，普通民眾很厲害，下棋很棒，自然觀念也很超前，似乎跟您剛剛講的世俗考量不大一樣，不知道是不是這樣？謝謝。

阿城：「三王」是知識青年。不一樣，做的是顛覆。小說「三王」已經變成古代的東西了，跟現代不一樣，因為語境消失的時候，不知道顛覆的是什麼，其實顛覆的就是主流問題。比如〈樹王〉，當時的主流是只管生產不管其他，說不上環保，對整個自然是一個破壞，〈樹王〉跟這個顛覆有關。〈孩子王〉跟教育有關，怎麼挑這件事，是主人公有自己的東西，如果主人公不被允許這麼教的話，那他就離開了，所以結尾時說，離開回生產隊去，走著走著就高興起來了——不是就這件事情跟你鬥爭，不可能，「文革」時最高能做到的只是不合作，做不到抗爭。〈棋王〉也是，知青跟世俗特別地融在一起，但還是有一個界限。

提問二：阿城老師您好，您介紹世俗時，它是誕生於中國帝制興起以後，那麼我們繼承世俗資源這個東西時，有沒有和權力相關的東西？比儒家更儒的東西有一些不太相洽的地方，不知道您怎麼看世俗的繼承？

阿城：我們現在更多討論和議論的是權力關係。我們剛才說現代性，當它顛覆了政治權威時，接著要顛覆什麼權威？我們現在看到西方左翼知識分子一直在他們的命題中兌現金融絕對權，我們現在的金融還沒有成為絕對權。現在是掙錢的時候，怎麼能顛覆這個權力？八十年代初，北大請詹明信給大家講現代，當時很多人很奇怪：電視不是好東西，其實指的是金融這個絕對權力做廣告，等於廣告搜刮你。他明確地表達了西方知識分子要顛覆金融權威，這個權威比政治權威還厲害，因為金融是有學習能力和改變能力的。當時很多聽講座的人說，我們電視現在還買不著，他們都把電視要顛覆了，我們買電視還要用票。以前我們看得很明確，把這個耽誤之後面臨的是政治和金融聯合的形勢，也就是大家說的「政商聯合」，這個更強、非常強。討論權力於中國現實而言，已經沒有八十年代初那麼簡單了，那時候沒有金融權，現在金融權和政治權在一起，政商結合非常強大。

中國有一個傳統叫「皇權不下縣」。我們學歷史時，感到皇帝一個人說的話是口銜天憲，權力是絕對的，但它知道適可而止，在縣這兒就截斷了，縣底下這一層有活力，這個很有意思。這是中國社會文化和文明的特殊之處，絕對權力有收處，到縣截止。縣以下的社會，鄉紳、宗法社會自行管理，由此創造性沒有被壓制。很早有一句話「帝力於我何有焉」，如果在縣以上，權力會管你，權力會控制你，縣以下是沒有的。所以這個跟現代的世俗有點不太一樣。我老家在河北白洋澱，農民說話不像話，現在農民不這麼說，那時候民國已經往下，突破了縣一級，但宗族一直頂著絕對權力。梁漱溟在山東縣一級做農村改造，後來跟毛澤東的衝突也在這兒，梁漱溟認為他瞭解農民、農業、農村，毛的意思是你有我瞭解嗎？其實梁漱溟瞭解的是「皇權不下縣」的農村，毛的瞭解是突破縣，這是兩個概念，衝突肯定是激烈的。你問的問題很好，讓我能夠有一個區別，對傳統世俗和現代世俗有一個區別。

提問三：阿城老師，您說關於世俗有一個關於禮貌的問題，三十年代或者四十年代的北京，南城、東西城有些話不能說，罵人的、帶髒字的不能說。這個是不是一個時代的變遷？比如現在哪兒都有帶髒話的字詞，包括區域有人口的湧入，發生改變。隨著社會的變化，整個趨勢已經變化了。

阿城：這個趨勢發生得特別多，從孔子的記錄和言行可以看出來，古代社會，先秦的時候是「道德有區隔」，「禮不下庶人，刑不上大夫」講的就是道德區隔，大夫這些人有尊嚴，因此不可以對他用刑，用刑以後，權威沒有了。禮也不能下庶人，為什麼？非常多的禮那不是一般老百姓腦子裡能夠記得住的。劉姥姥入大觀園講的就是這種事情，劉姥姥在禮之外，進入「禮」的時候一定出笑話。這體現的是道德區隔。所以古代社會設計時，你要是不想用「刑」的話，對不起，就別違反禮。對老百姓來說，也別跟他繁文縟節等等講這麼多東西，你做錯了給你一巴掌，然後就記住了，下次不會再犯。有區隔的設計是中國文明裡很聰明的一點，讓你選，看你選哪個。

一直到漢武帝時，皇家教育才算成熟，然後重新建立漢代的道德區隔。你剛才說東西城，在我上中學時不許罵人，不許帶髒字，否則老師會直接訓斥。如果拐著彎罵人，老師聽出來要說你，說你這是罵人。但沒聽出來就行。

苦水跟甜水打穿了，就全是苦水。比如「文革」紅衛兵，紅衛兵剛開始打流氓、抓流氓。流氓說話非常有意思，吃飯不叫吃飯，叫「撮」，紅衛兵就學他們這個話。《老炮兒》這個電影沒有把這一層揭示出來，如果把這一層揭示出來會非常有意思，當時紅衛兵以說流氓話為榮。但當時的流氓以能穿軍大衣為榮，後來馮小剛穿假軍大衣，意思是紅衛兵是我哥們。這兩個結合起來，流氓話，也就是苦水層把甜水層給侵蝕了。女學生在街上說「蓋了帽」，街坊老頭就說這閨女瞎說什麼，怎麼這個話都敢在街上說。這是以前做妓女說的話，從上往下一坐進去了，這叫「蓋了帽」，為什麼喊這一句？

意思是外面的人可以收錢了，實際發生性行為了。滿街說「蓋了帽」這就是苦水層。劉索拉和我說，六幾年的時候，因為不會罵人和說髒字，覺得特別落後，被其他紅衛兵看不起，專門在學校大操場上扯開嗓門練罵髒話。這是苦水層跟甜水層的關係，道德區隔的關係是「文化大革命」時破壞的。一直到現在，我看有的電視廣播員還說「蓋了帽」，這是全國性的。

提問四：您剛剛提到顛覆，現在很多暢銷書作家的書，比如大冰的書。這種書我覺得有他的內容，但不是好書，內容很世俗，同時有很大衝擊力，這算書嗎？顛覆有沒有好壞觀念？世俗應用到文學作品中，有沒有好壞之分，有的話，度在哪裡？

阿城：中國的世俗傳統產生了跟世俗有關係的小說，這有一層東西——解決下層道德區隔的問題，主要是勸善。勸善，你說把這個顛覆掉，我不知道……我們都說中國人很善良，不是，中國人不善良，如果都善良就不用勸善了，是因為不太善，所以要倡導這個東西，說這麼做會有報應。這是世俗小說很重要的功能。說書也是，一開始講大輪迴、報應，然後進入不善良的細節，先是善的宣言，然後是不善的細節，結果是一個不善的教訓。大致是這樣的。

提問五：老師您好，您剛才提到西方現代性主要特徵是顛覆性，又提到王朔作品顛覆性比先鋒作家如余華更強，您怎麼理解王朔作品的顛覆性呢？我覺得他的作品更多體現在語言方面的顛覆。

阿城：這個很厲害，就是顛覆語言，我們是語言思維，我們把思維變了，語言就變了。

提問六：老師，您特別看重語言方面的東西？

阿城：我要不看重怎麼回答你這個問題？王朔要顛覆的是大桌，他的顛覆結果是大家重新吃菠菜的時候，發現菠菜變味了，不是原來的味道，這就叫顛覆。

提問七：我覺得王朔雖然用不同的、非常新奇的語言形式表達他所要表達的內容，但實質上表達的東西沒有太多變化。

阿城：沒有吧？從學理、理論上常常要把他剔得很乾淨了才是，有些作家專門為評論寫小說，你怎麼寫評論文章我就怎麼做，成為一個墎本。王朔沒有這一套，但是他的行為是顛覆的，也就是你以前聽到的主流話語，對不起，全變味了，變味不是顛覆是什麼？

提問八：您的小說短句非常多，文言文也有短句傳統，汪曾祺也有短句傳統，你的小說短句從哪裡來的？是有意為之，還是有傳統？

阿城：世界語言最重要的是節奏。我們學西方的長句子造成很多人不知道應該在哪兒斷句，不知道怎麼斷。我採取笨方法，標點符號不僅僅是語法的作用，同時是節奏點的作用。《禮記》更多是語法，現在用它做節奏式的標點。中文的節奏從古代傳下來是四言，後來到唐代時，因為中亞音樂進來，才開始有五言、七言，比如〈蜀道難〉。為什麼會寫成這樣的長短句？這和後來的曲、詞進來的因素有關係，這就出現了新的節奏。對現代的人來說，以四言為基本節奏，裡面產生一些小變奏，可以充分利用這個，我只是利用標點符號勾畫出來。

提問九：我感覺到您使用標點符號的痕跡，但這樣寫短句是否太刻意了？

阿城：那我就改唄，如果你覺得是刻意的話（現場笑）。

提問十：我讀了您的《常識與通識》一書，說先鋒小說顛覆了之前的催眠系統，之後又形成了新的催眠系統，還說現在沒有一種新的系統建立意識流，你寫這篇文章時是很多年前了，不知道您現在是否還這麼看這個問題？

阿城：是啊（現場笑）。意識流這個東西在中國發生得很早，但那個時候不用這樣的批評去看。我們看曹植的〈洛神賦〉，這個賦通篇是意識流，不是連貫的，一會兒看這兒，一會兒看那兒，一會兒是這兒的感觸、那兒的感觸，纍起一個賦。他老說乍陰乍陽，形容陽光透過樹葉子在臉上，這是閃爍一時的感覺。又說鳥兒「將飛而未翔」，扒著水面往前跑還沒有飛起來，接著就轉別的。〈洛神賦〉是最典型的中國古代意識流的價值觀。漢賦裡這種東西特別多，我小學、中學的時候對漢賦的批評是堆砌，但其實不是的，真的讀漢賦，那個意識流很厲害，而且那時候是公元元年左右的時代，是老意識流，學學他們的寫法。何立偉寫過一個《白色鳥》，看他的小說我想起了〈洛神賦〉，跟〈洛神賦〉的方法是一致的。

阿城作品集 YY0502

閑話閑說

作者
阿城
一九四九年生於北京。雜家，文字手藝人。

封面設計　一千遍工作室
編輯協力　王琦柔
行銷企劃　李倉緯、詹修蘋
版權負責　陳柏昌
副總編輯　梁心愉
初版一刷　二〇一九年八月十九日
初版二刷　二〇二四年一月四日
定價　新臺幣二八〇元

ThinKingDom 新經典文化
發行人　葉美瑤
出版　新經典圖文傳播有限公司
地址　10045臺北市中正區重慶南路一段五七號十一樓之四
電話　886-2-2331-1830　傳真　886-2-2331-1831
讀者服務信箱　thinkingdomtw@gmail.com
臉書專頁　http://www.facebook.com/thinkingdom/
總經銷　高寶書版集團
地址　11493臺北市內湖區洲子街八八號三樓
電話　886-2-2799-2788　傳真　886-2-2799-0909
海外總經銷　時報文化出版企業股份有限公司
地址　桃園市龜山區萬壽路二段三五一號
電話　886-2-2306-6842　傳真　886-2-2304-9301

閑話閑說 / 阿城著. -- 初版. -- 臺北市：新經典圖文傳播, 2019.08
232面；14.8×21公分. --（阿城作品集；YY0502）
ISBN 978-986-96892-9-8（平裝）

1.中國文學 2.文集

820.7　　108001674